馬翠蘿 著

新雅文化事業有限公司
www.sunya.com.hk

人物簡介
周曉星
周曉晴的弟弟，一個風趣幽默的淘氣精，不時有天馬行空的奇怪想法。
馬小嵐
來自香港的烏沙努爾公主，聰明美麗、正直善良。敢於向困難挑戰，最喜歡說的話是「天下事難不倒馬小嵐」。

萬卡
烏莎努爾公國第十九代國王，風度翩翩、英勇果敢。是國民眼中的好君王，小嵐和曉晴曉星心目中的暖心大哥哥。
周曉晴
馬小嵐的好朋友，漂亮活潑，喜歡打扮，最常做的事是和弟弟鬥氣。

目錄

第一章　「曹沖稱象」是真的嗎？　6

第二章　除非穿越時空去漢朝　13

第三章　周瑜和諸葛亮哪個帥　19

第四章　現場直擊曹沖稱象　25

第五章　短命的小神童　35

第六章　沙律碗成了大寶貝　46

第七章　苦難的老百姓　57

第八章　被拐的小孩　67

第九章　被猴子故事迷住的孩子　77

第十章　本是同根生，相煎何太急　85

第十一章　小嵐牌水果冰　93

第十二章　小神童複雜的感情世界　102
第十三章　災難悄悄來臨　115
第十四章　話說天花　124
第十五章　向豬看齊的曉晴　136
第十六章　怕你被牛欺負　143
第十七章　想念炸雞和漢堡包　152
第十八章　遇見神醫華佗　159
第十九章　是誰獻出了天花藥方　167
第二十章　華佗不想當御醫　178
第二十一章　幸運新邨　188

第一章
「曹沖稱象」是真的嗎？

小嵐和曉晴早上剛走進課室，便見到曉星匆匆忙忙地在外面走廊經過，他手裏還拿着一塊窄窄長長的硬紙板，上面是墨跡未乾的大字。

「這小孩在幹什麼？」小嵐有點奇怪。

「示威遊行？」曉晴眨眨眼睛。

一直以來，小嵐、曉晴、曉星這「嫣明苑三人組」都是一齊上學放學的，但今天一大早曉星就被一個電話叫走了，連早餐也沒有吃。

「曉星！」小嵐走出課室，朝曉星喊了一聲。

曉星聽到叫聲，停下腳步：「噢，小嵐姐姐，回來了。」

小嵐走到曉星身邊，看了看他手裏拿着的紙牌，問道：「你在搞什麼？」

「我為放學之後的歷史學會辯論會做準備呢！」曉星把手裏的紙牌舉高，讓小嵐看上面的字。

「曹沖稱象是假的嗎？」小嵐把牌子上的字唸了一遍，「啊，這是辯題？」

「是呀！我們中學部、小學部跟大學部的學姐學兄辯論，大學部是正方，認為『曹沖稱象』是假的；我們中學部和小學部是反方，我們認為『曹沖稱象』是真的。我還是第一副辯手呢！」曉星得意地拍拍胸脯。

這時曉晴也走來了，她瞅了瞅紙板上的字，便像被開水燙到一樣跳了起來：「啊，『曹沖稱象是假的』？誰說的？快站出來，看本小姐不揍死他！我們讀

小學的時候已經有《曹操稱象》這課文了，如果這件事是假的，那曹沖小朋友不就成了騙子嗎？不行不行，曹沖小朋友多可愛多聰明呀，我們要還他一個清白！」

難得「包頂頸」姐姐能跟自己同聲同氣，曉星高興得裂開嘴巴笑：「姐姐說得對，曹沖稱象一定是真的。兩位姐姐，我誠意邀請兩位參加今天放學後的大辯論，到時看我周曉星如何激揚文字、舌戰羣儒！」

曉晴看了看小嵐：「去？」

小嵐點點頭：「去！」

「耶！」曉星使勁蹦了蹦，又說，「地點在大學部知用樓演講廳，五點半開始，不見不散哦！」

小嵐聳聳肩，拉着仍在為曹沖小朋友忿忿不平的曉晴，回到了課室。

對「曹沖稱象」這一歷史事件的真假探討，小嵐曾經從網上看過，公說公有理，婆說婆有理，最終也沒得出定論。不過在小嵐心底裏，她更願意相信有這麼一件事。小小孩童竟然比大人還要聰明，這對於成長中的小孩子是多麼大的鼓舞啊！

比如說小嵐叔叔家那個小表弟，讀了《曹沖稱象》這篇課文，回家就煞有介事地跟爸爸媽媽説，他終於有了自己的理想了，就是要成為像曹沖那樣聰明的孩子。

為了實現這一遠大理想，小表弟動動小腦筋，想出了好幾個「現代稱象新方法」，比如用地磅來稱。什麼是地磅？就是警察叔叔用來檢查汽車有沒有超載的那種磅，一輛載滿貨物的汽車都能稱，稱一隻大象，小意思啦。還有，可以做一個翹翹板，讓大象在一端站好，再找人一個接一個站上另一端，等翹翹板兩端平衡，就等於人和大象重量相同了，這時將人的重量相加，便可算出大象的重量。

榜樣的力量是無窮的，曹沖的故事，多少年來激勵了無數小朋友。所以，一定要支持曹沖，支持曹沖稱象！

上課、下課、吃午飯，又再上課、下課，一天的時間就過去了，小嵐和曉晴收拾好東西，就往大學部知用樓走去。

走進演講廳，發現右邊座位坐了大約六成人，而左邊座位卻快坐滿了。坐在右邊的學生舉着的牌子，寫着「曹沖稱象是假的」、「請還歷史真實面目」、「曹沖稱象是千古大騙局」；而坐左邊的同學手裏舉着的牌子，有的寫着「我愛曹沖」，有的寫着「曹沖曹沖支持你」，有的寫着「曹沖稱象不容抹煞」。不用問就知道，坐右邊的是正方，即認為「曹沖稱象是假的」。坐左邊的是反方，即支持「曹沖稱象是真的」。

從人數上看，支持「曹沖稱象是真的」觀點的學生，佔大多數呢！

曉星在前面朝小嵐和曉晴招手，讓她們過去。

「姐姐，我給你們留了位子。很多同學支持我們呢，我怕你們來晚了沒位子坐。」曉星喜滋滋地把兩個姐姐帶到左邊前排第一行。

「留意我表現！我走啦！」曉星比了個勝利的手勢，匆匆回了後台。

「公主姐姐，你也來了！」小嵐剛坐下，就聽到旁邊有人叫起來。

小嵐扭頭一看：「紫妍，是你？」

「是呀是呀，我們小學部來了很多人呢！」紫妍開心地說。

「公主姐姐好！」前後左右馬上響起一片聲音，男生女生都有。

「公主姐姐也支持『曹沖稱象是真的』，太好了，我們這回贏定了！」紫妍裂開嘴巴笑。

「對呀對呀！」又是一片吱吱喳喳的回應。

小嵐聽了有點哭笑不得，只要她支持就贏定了，這是什麼邏輯？

「你們都相信『曹沖稱象』是真的？」小嵐問道。

周圍響起一片「嗯嗯嗯」的聲音。

「當然是真的。其實我們小孩子很聰明的嘛！」

「大人們就是不相信，覺得小孩子就是不懂事的。太不公平了！」

「爸爸說我小孩子不懂事的時候，我就把『曹沖稱象』的課文給他看，他後來再不這樣說我了。」

「曹沖是我們小孩子的好榜樣呢！」

「大人們不能破壞我們心中的偶像……」

不管怎樣，《曹沖稱象》的確教育和鼓舞了一代又一代的小孩子。讓他們知道，聰明不分大小，有志不在年高，關鍵是遇事要善於觀察，開動腦筋想辦法，小孩也能辦大事。

就衝着這點，小嵐也希望這事是真的。

這時主持人走出來了，他拿着麥克風說：「同學們靜一靜，由宇宙菁英學校辯論學會組織的辯論會馬上要開始了。」

演講廳裏馬上安靜下來。

主持人清了清嗓子，繼續說：「謝謝大家的配合。今天的辯題是『曹沖稱象是假的嗎？』下面有請我們的辯手上場。」

主持人逐一介紹正反雙方的主辯、一副、二副、結辯*，然後讓他們入座，辯手的座位面向觀眾，右邊一排是正方，左邊一排是反方。

曉星作為第一副辯手被介紹上場時，偷偷朝小嵐和曉晴擠了擠眼睛，還做了個勝利的手勢。

幼稚！小嵐和曉晴馬上轉過臉看別處，裝作不認識他。

* 主辯、一副、二副、結辯：辯論隊中不同的崗位。通常由主辯首先發言，接着輪到一副、二副，最後由結辯總結。

第二章

除非穿越時空去漢朝

辯手都坐好之後，主持人便說：「大家好，我是辯論學會的會長羅維尼，歡迎各部的同學參加我們的辯論會。今天的辯題是，『曹沖稱象是真的嗎？』現在先請正反雙方的主辯發言。」

正方座席內，一個眼鏡男生站了起來：「各位好，我是正方的主辯。曹沖五六歲時，正是公元二零一年左右，那時正是漢朝末年，中國根本沒有大象。還有，曹沖雖然聰明，但以他五六歲的年紀，而且生活在科學不發達的古代，是不可能懂得利用水的浮力來稱大象的。另外，曹沖稱象的故事跟某些同樣是稱象內容的佛教故事相似，曹沖稱象根本就是張冠李戴，把發生在別人身上的故事說成是曹沖的事。令人奇怪的是，曹操稱象竟然作為小學語文課文，長期存在於我們的教科書裏。所以，我方認為，『曹沖稱象』是假的，歷史上根本沒有這回事。」

眼鏡男生剛坐下，反方的主辯，一個梳着馬尾、大約十一二歲的小學部女孩子就站了起來。她說話很快，劈里啪啦的好像不用換氣：「大家好，我是反方主辯，我們對『曹沖稱象是假的』這一說法持相反立場。歷史早有記載，曹沖自幼聰明，五六歲時就有成年人的智慧，在許多史書中，都留下了歷史上許多著名學者對他的高度讚揚和評價。我們認為，不能用一些根據不足的理由，就否定我們中國古代的一名傑出小神童，否定一個耳熟能詳、能給予廣大少年兒童正能量的古代故事，否定一篇有着積極意義的、鼓舞了一代又一代小學生的經典課文……」

「說得對！我們絕不答應！」台下紫妍和她的小伙伴們忍不住大聲喊起來。

主持人趕緊站起來，說：「同學們別激動，這樣會影響辯論會進行的。」

小學生們馬上住口了。

馬尾巴女孩子笑了笑，說：「接下來，我方的辯手會以充分理由來證實，曹沖稱象是真的。」

「好啊！」支持反方的同學拚命鼓掌。

等大家掌聲一停，正方有人站了起來：「大家好，我是正方第一副辯。我方主辯剛才已經指出，漢朝末年時期中國根本沒有大象。稱象故事如果是發生在公元二零一年的時候，那時的中國是處於小冰河時期*，只適合在熱帶生活的大象是無法生存的，曹操哪來的大象呢？沒有象，何來稱象？所以我們認為，曹沖稱象是假的。」

這時，反方第一副辯曉星站了起來，他把搭在前額的頭髮往後一甩，耍了個小帥，然後大聲說：「我是反方第一副辯，我認為漢朝末年沒有大象這一說法不成立。那時中國即使處於小冰河時期，大象無法生存，但別忘了，大象是東吳統治者孫權送給曹沖的爸爸曹操的，東吳鄰近溫暖的交州，孫權能找到大象，一點不出奇。」

正方第二副辯站起來，說：「我方主辯剛才提到，以曹沖這樣一個五六歲的小孩，懂得利用水的浮力去稱象，這不合理。那時候世界還很落後，人們也不懂得科學道理，所以一個小孩子懂這麼多，說不過

* 小冰河時期：地球氣溫大幅度下降的現象。

去。況且，當時在場還有許多曹操的謀士，既是曹操看重的謀士，必然是很有智慧，為什麼他們竟然還不如一個五歲小孩？」

反方第二副辯馬上反駁：「難道年紀小就必然笨，年紀大就必然聰明嗎？曹沖自小就很有智慧，加上他身為曹操的兒子，必然受過很好的教育，不許他從書本上學到的知識嗎？有一本叫《符子》的古書就記載過這樣一個故事，戰國的時候，有人送給燕昭王一頭很胖很胖的豬，燕昭王養了幾年之後，這豬更胖了，簡直像一座小山那麼大，牠的四條腿支撐不住身體，只好整天坐着。燕昭王問大臣們有什麼辦法可以稱稱這頭大胖豬。有個人獻計說可以用『浮舟』，就是用船來稱量。燕昭王採納了這一做法，果然稱出了這頭豬的重量。用船稱豬的方法和用船稱象的方法是類似的。雖然《符子》這部古書中只說用船來稱量大豬，但具體怎樣做就沒有說。可以設想曹沖看過這本書，受到啟發，借鑒用來稱象。所以，曹沖稱象的智慧，除了來自他本身的聰明，還有來自他對前人經驗的學習借鑒。」

就這樣，辯手們唇槍舌劍的，各有各精彩，台下的兩方支持者時不時報以一次又一次掌聲。

到最後，由大學部語文系主任對這次辯論會作了總結，表揚了大家積極探討歷史的熱情，稱讚辯手們論點論據的充分和説服力，還有沉着的應對能力、流暢的説話能力等等。系主任最後總結説：「總之，這次辯論會是一次成功的辯論會，一次充滿活力的辯論會，雙方隊員都發揮很好。根據雙方表現，我認為反方提出的論據更有説服力，所以今天的勝利者是——反方！」

「反方、反方、反方……」台下反方的支持者瘋了似地拍掌，好一會才安靜下來。

系主任繼續説：「不過，有關曹沖稱象是否真有其事，我們只能根據一些歷史記下來的資料去分析、判斷，而事實上是怎樣的，那就沒法知道了。」

辯手席上的曉星舉起手，大聲説道：「老師，穿越時空去漢朝末年，親眼看看不就知道了！」

系主任扭過頭，看了曉星一眼，哈哈大笑起來：「曉星同學真幽默，但世界上哪有穿越時空這回事啊！」

曉星同學小聲嘀咕了一聲：「怎麼沒有！」

坐旁邊的同學聽見了，以為他開玩笑，推了推他：「好啊，那你就穿去看看，回來告訴我們。」

曉星一拍胸口，說：「好啊！」

同學拍他肩膀，笑道：「曉星同學真幽默。」

第三章

周瑜和諸葛亮哪個帥

放學回到嫣明苑，曉星便一頭扎進圖書室，連吃飯都忘了。

小嵐和曉晴吃晚飯時來到飯廳，不見曉星，都很奇怪，不知道那個「吃貨」發生什麼事了，竟然不來吃晚飯。

「瑪亞，曉星去哪兒了？」小嵐問。

站在一旁的女管家瑪亞抿嘴笑笑：「曉星少爺在圖書館用功呢，我已經派人去請了。」

「噢，這臭小孩今天怎麼這樣乖，很反常哦！」小嵐有點奇怪。

曉晴聳聳肩，說：「不知道，大概是受了什麼刺激吧！」

正說着聽到踢踢噠噠的腳步聲，小嵐和曉晴一齊看過去，只見曉星抱着一本磚頭般厚的書，口中唸唸有詞地走了進來。

「只聽一聲炮響，兩邊五百校刀手擺開，為首大將關雲長，提青龍刀，跨赤兔馬，截住去路。曹軍見了，亡魂喪膽，面面相覷……」

他分明是在唸中國四大名著之一《三國演義》的內容。這本羅貫中寫的書，正是寫了漢末到三國時期發生的故事。

「曉星同學今天怎麼了？迷上《三國演義》，連吃飯也忘了。」曉晴揶揄道。

小嵐笑着說：「怕是得了『曹沖稱象』後遺症了！」

曉星好像沒聽到兩個姐姐的話，他放下手裏的書，仍在發怔：「已經看到五十多章了，怎麼還沒提到曹沖稱象？」

小嵐用筷子敲了敲曉星的頭：「喂，該醒了！」

「噢！」曉星摸摸腦袋，好像才回過神來，撅着嘴說，「小嵐姐姐，幹嘛敲我！」

小嵐又敲了他一下，說：「不敲你還不醒呢！」

曉晴拿起筷子說：「吃飯吃飯，別理他！」

曉星嘿嘿笑了笑，也拿起了筷子。

小嵐看了曉星一眼，問道：「怎麼，還在糾結有沒有曹沖稱象這回事？」

曉星嘴裏塞滿了食物，說不出話來，於是不住地點頭。

趕緊吞下嘴裏的飯菜，他才說：「我想在《三國演義》找答案，但是都翻了大半本了，別說稱象，連曹沖的名字也沒看到。」

小嵐哼了一聲：「你怎麼不問問我？」

「啊，小嵐姐姐你知道！」曉星眼睛一亮，「姐姐快告訴我，在哪一章？」

小嵐喝了一口果汁，說：「《三國演義》我看過很多次了，小時候聽爸爸唸，長大了自己看，我記得整本《三國演義》只有一個地方提到曹沖。」

曉星急得拉着小嵐的袖子：「哪裏哪裏，是說曹沖稱象的事嗎？」

小嵐搖搖頭說：「不是。是神醫華佗被曹操殺害後，曹沖得了病，沒人能治，最後死了。曹操很後悔當初殺了華佗，認為如果華佗還在的話，曹沖就有救了。就那麼一小段，很簡單的。」

「哦，這樣啊。」曉星有點洩氣，「這麼有名的巨著，竟然就寫這麼一點點有關曹沖的事，這作者真是太太太不尊重我們的小神童了！」

小嵐把碟子裏一隻太陽蛋「消滅」掉，用餐巾擦擦嘴唇，說：「你不是很厲害的小作家嗎？你可以自己寫一本嘛，重點寫曹沖。」

「咦，對啊，怎麼沒想到呢！」曉星一拍大腿，興致勃勃地說，「這本書就叫《三國之曹沖》，或者叫《我是小曹沖》，又或者《稱象的神童曹沖》……」

曉星說得興奮，連吃都忘了，他放下刀叉，用手托着下巴：「嗯，看來我真要穿越一次了，到漢朝末年看看，體驗一下生活，把曹沖稱象的依據拿回來。兩位姐姐，跟我一起去好嗎？」

小嵐和曉晴互相瞧瞧，小嵐說：「好啊，我還挺想見見小神童呢！」

曉晴想了想：「好，去就去！我想會一會周瑜大帥哥，說不定能譜寫一段『跨越千年來相會』的感人故事呢！小嵐，《三國演義》裏是怎麼形容周瑜的？聽說他很帥。」

小嵐瞅瞅曉晴的花痴臉，說：「書裏說他『姿質風流，儀容秀麗』。」

曉晴雙手托腮，一臉的期待：「哇，好想早點見到周瑜帥哥哦！」

曉星對曉晴的花痴病嗤之以鼻，他眨眨眼睛，說：「我跟小嵐姐姐一樣，想見見曹沖。另外還想想見見諸葛亮，神機妙算的大軍師啊，好厲害呢！小嵐姐姐，三國演義裏是怎樣形容諸葛亮的？」

小嵐想了想說：「身長八尺，面如冠玉，頭戴綸巾，身披鶴氅，飄飄然有神仙之概。」

曉晴一聽就很糾結：「聽起來諸葛亮比周瑜還帥啊，那我究竟跟周瑜還是諸葛亮發展戀情好呢！唉，帥哥太多也麻煩。」

「嗤！」小嵐和曉星一齊發聲。

曉星決定直接把他花痴病姐姐忽視了，他從口袋裏拿出時空器，跟小嵐商量：「我們就去曹沖稱象的那年。咦，應該是哪一年呢？」

小嵐想了想，說：「曹沖一八六年出生，他五六歲時，應該是二零一年或二零二年。」

曉星有點為難：「那選擇去二零一年還是二零二年好呢？」

小嵐揮揮手：「就二零一吧，碰碰運氣。」

「好，那就二零一年，年中間吧，六月。OK，設定好了，我撳起動了……」

「喂，別別別……」小嵐嚇得大聲嚷嚷起來，這傢伙總是那麼性急，什麼都沒準備呢！

但來不及了，性急的曉星已撳下起動按鈕。

一股藍光開始從他們三人腳下升起，剎那間，曉星、小嵐已經雙腳離地，旋轉着上升了。

還在糾結跟周瑜還是諸葛亮發展戀情的曉晴，手裏捧着一小碗水果沙律，也被捲進了藍光裏……

他們進入了一個深不可測的隧道，五彩繽紛、耀眼眩目，讓人不敢把眼睛睜開。不知道翻騰了多久，感覺到了下墜感，看來是到達目標年代了。

「砰砰砰……」他們掉進了一處山林裏。

屁股又受罪了。外星人啊外星人，你們設計時空器時可不可以再用點心，穿越時空那麼難都能做到，幹嘛不把降落弄得舒服一點呢！

這是小屁屁着地之後大家一致想到的。

第四章

現場直擊曹沖稱象

揉揉受罪的小屁屁，小嵐和曉晴開始發飆了。

小嵐氣勢洶洶：「臭曉星，怎麼說撳就撳，我還一點準備都沒有呢！」

曉晴深惡痛絕：「死孩子，看我不揍你一頓！」

曉星抱着腦袋慌忙逃竄。

小嵐喊住追打曉星的曉晴：「哎哎，算了算了，我們還是想想接下來怎麼辦吧！我們得趕快走出山林，到有人的地方，要不然到了晚上，跑出一隻老虎或獅子，那我們就成了牠們的食物了。」

「老虎？」曉晴一聽便臉色發白，也顧不上打曉星了，趕緊挨住小嵐，左看右看的，生怕突現出現什麼可怕野獸。

曉星聽了小嵐的話，馬上挺了挺胸脯：「不用怕，我來當先行官，有什麼危險我來擔當！」

說完就在地上撿了一根粗樹枝，頭前領路走了。

山林裏風景很美，樹木森森、綠葉蒼翠，路邊的山溪水潺潺流着，清澈得可以見到底下一塊塊圓圓的小石頭；樹上鳥兒喳喳叫着，給寂靜的山林增添了靈動。

「哇，空氣很清新，很舒服啊！」曉晴東張西望地看風景，又大口大口地呼吸着新鮮空氣，連害怕也忘了。

小嵐也深深呼吸了幾下，說：「森林的空氣中含有一種叫負氧離子的物質，負離子在醫學界被稱作『維他氧』、『長壽素』、『空氣維他命』，有利於人體健康。」

前面的曉星聽了，馬上很誇張地大口大口呼吸着。小嵐從地上撿起一顆小石頭，扔到他背上：「喂，先行官，專心點！」

三人走了足足大半天，茂密的山林漸漸稀疏，他們終於走到山腳下了。

領頭的曉星突然轉身，小聲「噓」了一下：「那邊有人。」

小嵐和曉晴趕緊停住腳步，他們都是資深穿越人

了，知道在陌生的年代裏，萬事都要小心。更何況，是在漢朝末年這兵荒馬亂的戰爭時期。

三個人馬上躲進一處灌木叢後面。

只見遠遠的有一羣人，正站在一條小河邊，指手畫腳的，不知在說些什麼。

小嵐左看右看看不清楚，便說：「走近一點，看看是些什麼人，在說什麼。」

他們身處的地方，看樣子剛被人砍伐過，地上留下很多半人高的樹樁。三個人靠着樹樁的掩護，從一個樹樁跑去另一個樹樁，最後藏在一個一米多寬的樹樁後面。

悄悄探出腦袋，看向小河那邊。那裏站着一羣身穿漢服的人，指指點點的，好像在看什麼東西。這時候，隨着一聲吼叫，一個長長鼻子甩了起來。

圍觀的人似乎有點害怕，紛紛往兩邊一退，露出一隻長着長鼻子的傢伙——一隻估計一千公斤左右的幼齡大象。

「大象！」小嵐三人差點失聲大喊，趕緊用手捂住嘴巴。

這時候，一個長相威嚴、身穿官服的男人說：「你們能算出這大象有多重嗎？」

「曹、曹沖稱象啊！」曉星用顫抖的手指着那邊。

小嵐和曉晴激動萬分，真是得來全不費功夫啊，想不到那麼巧，剛穿越過來就親眼見到「曹沖稱象」。

又見到其他穿官服的人，應是曹操的屬下吧，都在議論紛紛。

有人說：「只有造一桿特大的秤來稱。」

有人反對說：「這要造多大的一桿秤才行呀！再說，大象是活的，會動來動去，也沒辦法稱呀！我看只有把牠宰了，切成塊來稱。」

這人話音剛落，在場的人都哈哈大笑起來。長相威嚴的男人說：「你這是個笨辦法，為了稱重量，就把大象活活地宰了。太笨了！」

這時，跑來了一個小男孩。小男孩大約五六歲，長得唇紅齒白、臉上笑容燦爛。他一見到站在河邊的人，便笑嘻嘻地說：「父親大人好，各位叔叔伯伯好，全天下最聰明可愛的沖兒來了！」

「沖兒？！啊，是曹沖呢！曹沖，稱象的曹沖！」曉星興奮得眼睛發亮、聲音打顫，「哇，小神童啊，我終於見到小神童了！」

「原來是個自戀的小屁孩！」小嵐忍不住笑。

「才五歲就這麼帥了，長大了肯定迷死人呢！」曉晴嘴裏發出「嘖嘖嘖」的聲音。這傢伙絕對是個「顏控」，看到長的漂亮的人就忍不住發花痴。

小曹沖衝着長相威嚴的男人行了個禮，說：「父親，聽說東吳有個叔叔送來了一隻大象。」

原來這男人就是曹操。只見他細長眼睛，鼻直口方，下巴一縷长髯，一臉的威嚴。

「呵呵，沖兒來了。」曹操一見兒子，馬上笑瞇了眼，他彎下腰把曹沖抱起來，「來，讓父親抱着你看大象。」

「哇，這隻象好大啊！就像一座山一樣大。」曹沖很驚奇。

曹操說：「其實這只是一隻小象，牠的年齡比你還小呢！」

「比我還小？那牠長大以後會不會比天還要高，那會不會把天都戳穿了？」曹沖驚訝極了。

曹操哈哈大笑，說：「沖兒的想像力很豐富啊，把天戳穿了，那不成了共工！」

身邊的大臣都笑了起來。

「父親，剛才我聽見你們在說要稱稱這大象是嗎？」曹沖歪着頭，好像在掂量大象有多重。

「是呀！但是父親和這些叔叔伯伯還沒想出好辦法呢，沖兒是不是也來想想？」曹操開玩笑地對兒子說。

「好啊！」曹沖爽快地答應了。

他把小小的食指在腦袋上一戳一戳，戳了十幾下，高興地喊道：「我想到了！」

「哦？」曹操愣了愣，有點不相信地反問，「真的？」

曹沖點點頭：「真的。」

曹操沒指望兒子真能想出好辦法，想着聽聽他幼稚的主意也好，便鼓勵說：「好啊，你說說看。」

曹沖小聲說了些什麼，在場的人聽了都朝小傢伙豎大拇指，曹操就連連叫好：「好好好，沖兒，好主意！」

曹操跟站在旁邊的一名將軍吩咐了些什麼，將軍彎腰應允，跑去河邊叫來了一隻擺渡的大船，又吩咐十多名手下去搬些大石頭來。

躲在樹椿後面的小嵐等人好激動啊，千多兩千年前的曹沖稱象真實場景，即將展現眼前了。

「手機，有沒有帶手機？」小嵐突然想起什麼，「快把經過拍下。」

「我有我有！」曉星興奮地掏出手機，「哇，這回正方那幫哥哥姐姐該啞口無言了吧，曹沖稱象實錄，情景再現，如假包換！哈哈哈哈……」

那邊稱象仍在繼續，只見曹操親自指揮人把大象牽上了船，又讓人在船舷齊水面的地方刻了一條橫綫，然後把象牽回岸上。接着，由將軍帶領手下，把大大小小的石頭，一塊一塊地往船上裝。

不過過程中發生了一點小意外，船還沒下沉到那條橫線，搬來的石頭就已經用光了。將軍為難地對曹操說：「附近的大石塊都搬完了，司空大人，我們得

跑遠一點找，請司空大人耐心等等。」

曹操還沒說什麼，曹沖就仰着小腦袋對將軍說：「唉，將軍叔叔，你真笨！石頭不夠了，你叫那些搬石頭的叔叔都站到船上不就行了嗎。」

「啊！」將軍鬧了個大紅臉。

曹操和大臣們都笑得人仰馬翻。

小嵐和曉晴曉星都忍不住捂着嘴笑。這小屁孩，還是個小毒舌呢！

曹沖見到將軍不好意思，又拍拍他的手安慰說：「叔叔，別難過。你輸給世界上最聰明的小公子，並不算輸！你看，我父親和叔叔伯伯們不也沒想出來嗎？」

「臭小子，連你老爹也敢耍！」曹操故意朝兒子吹鬍子瞪眼睛。

「打他小屁屁！」大臣們也作出要懲罰曹沖的樣子。

「嘻嘻，我這麼聰明可愛的小公子，你們才捨不得打呢！」曹沖小短腿一跳一跳的，很得意的樣子。

「臭小子，回家再修理你！」曹操笑罵一句，眼裏露出快要滿瀉的寵愛。

曉星用手機拍了不少照片，又拍了幾段錄像，基本上把從曹操提出稱象，到稱象完成，都記錄在手機裏，他樂得嘴巴一直沒合攏過。

沒想到這次穿越時空有這樣大的收獲，不但成為曹沖稱象的見證者，還成功地作了現場拍攝。真是太幸運了！

先不提這邊小嵐三人的激動興奮，再說回小河那邊成功稱出大象重量的人們，個個笑逐顏開，將小曹沖讚了個裏裏外外、徹徹底底，直把小屁孩讚得輕飄飄，快變作氫氣球飛天上去了。

第五章

短命的小神童

「大功告成！」見到河邊的人全部走光，曉星歡呼一聲，把手機往上一拋，又接回手裏，美滋滋地說，「把這些視頻和照片帶回去，亮瞎那些人的眼，看誰還敢說曹沖稱象是假的！」

小嵐給他潑了一盆冷水，說：「你傻呀！這些照片能公開嗎？怎麼解釋來源？人家肯定說這是你從電影電視鏡頭截取下來的。」

有關擁有時空器的事，除了他們三人之外，就只有萬卡哥哥知道。

曉星糾結得不要不要的，明明有最具說服力的證據在手，卻偏偏無法公開：「唉，那我們不就白來一趟？」

「不會呀！我們見證了歷史，見到了曹沖稱象，見到了曹沖他老爸曹操，怎會白來呢！」小嵐說。

「不過，我還想見周瑜。」曉晴眼冒粉紅心心。

「我……我想見諸葛亮！」曉星學着諸葛亮搖鵝毛扇的樣子。

軍師諸葛亮，一年四季都拿着把鵝毛扇，已經成了他的標誌物了。曉星曾經和辯論學會的同學一起討論過，用什麼詞來形容諸葛亮總是拿着鵝毛扇的行為，有些人用兩個詞——儒雅、有才；有些人用一個字——裝。作為諸葛亮的擁躉，曉星自然是接受了第一種說法，無視了第二種說法。

「這時候周瑜在東吳練兵，而諸葛亮還在茅廬種菜，等着劉備『三顧』去請他出山呢！」小嵐想起曹沖那聰明的小模樣，說，「我倒想認識一下小曹沖，這小屁孩，聰明加自戀，太好玩了。」

曉星眨眨眼睛：「我也喜歡曹沖。不過說起來這小屁孩也太可惜了，十三歲就去世。」

曉晴十分吃驚：「啊，十三歲就死了，真是英年早逝啊！」

曉星看着小嵐，說：「天下事難不倒的小嵐姐姐，我們既然來了，能試試救小曹沖的命嗎？」

小嵐低頭沉思：「這事我也在考慮中，不過真有點難……」

「也是。現在離他去世還有七年，我們也不知道可以怎樣做。鞭長莫及啊！」曉星老氣橫秋地歎了口氣，「而且歷史上對於曹沖其實是怎麼死的，也有多種説法。我在網上看過，有的説是病死的，有的説是他哥哥曹丕把他害死的。」

「啊，不會吧！他哥哥為什麼要害死這麼聰明可愛的弟弟？」曉晴眼睛睜得大大的，一臉的不理解。

小嵐解釋説：「是這樣的。古人一般都會立最大的兒子為世子，繼承父業，但也有挑自己喜歡的兒子繼承的。曹丕是家中最大的兒子，按道理是由他來繼承曹操的家業，但曹操毫不掩飾對曹沖的喜愛，常常當眾稱讚曹沖聰明。曹丕害怕曹操立曹沖為世子，所以對曹沖十分忌憚。」

「啊，那曹丕害死曹沖的嫌疑還挺大呢！」曉星皺着眉頭説。

小嵐點點頭，但馬上又搖搖頭：「不過我覺得曹丕也不是那麼窮兇極惡的人。你們想想，曹丕其實也不喜歡他另一個弟弟曹植，一直想殺他，但後來聽曹植唸了那首七步詩，還是念着兄弟情，沒有殺曹植。」

「嗯。」曉晴和曉星不約而同地點點頭，小嵐說的有道理。

曉晴和曉星讀小學時就讀過七步詩，也看過曹植七步成詩的故事。

這故事說的是曹丕做了皇帝之後，害怕才華橫溢的弟弟曹植搶了他的皇帝位，於是命令曹植在七步之內作一首以兄弟為題材的詩。

走七步就作一首詩，而且還是命題的，曹丕相信沒有人能做到。曹植一旦完不成這首命題詩，曹丕就會毫不留情地以抗旨的罪名殺死曹植。

沒想到，曹植一邊走一邊想，走了七步，就停下來吟了一首詩：「煮豆燃豆萁，豆在釜中泣。本是同根生，相煎何太急？」

曹植把鍋裏備受煎熬的豆子比作自己，把在鍋下燃燒着的豆莖比作曹丕，向曹丕發出悲憤的控訴：我們本是同根生的兄弟，為什麼你要害我呢！

曹丕聽着曹植唸詩，心中有愧，於是打消了殺曹植的念頭。

曉星說：「嗯，假如不是曹丕害死曹沖的，那曹沖就是另一個死因——病死了。小嵐姐姐，如果我們想救他，可以怎麼做呢？」

小嵐邊想邊說：「嗯，第一，要了解一下小曹沖的身體狀況，如果他是有什麼先天的疾病，我現在就可以用中藥給他調理身子，消除隱患。即使我回了現代也沒關係，留下藥方，他堅持吃藥就行。」

「嗯，小嵐會中醫。如果是這樣真可以幫到小曹沖呢！」曉晴想了想又覺得有難度，「要知道小曹沖的身體狀況，那首先我們要接近小曹沖，接近曹家的人，還要跟他們交上朋友，這樣才能了解到小曹沖的身體情況。可我們現在根本跟曹家半點關係都沒有呢！」

小嵐對曉晴的話表示贊同：「是呀，這是有點難。」

曉星撓撓頭，說：「小嵐姐姐，那你說說第二個方法。」

「第二，如果小曹沖不是死於先天性疾病，而是死於突發的病，那就得預先替他物色一位醫術高明的醫生。記得有資料提到，曹操在曹沖病死後，曾後悔自己之前殺了華佗，要不，以華佗的醫術，肯定可以治好曹沖。所以，我們如果能讓華佗活着，讓他能在曹沖生病的那一年，即公元二零八年，來到曹沖身邊，那曹沖就有救了。」

曉星又撓頭，看樣再撓下去頭皮都要被他撓破了：「小嵐姐姐，這點就更有難度了。曹操是漢朝末年最有權勢的大官，可以說是皇帝都怕了他，我們人微言輕，又怎可能阻止他殺華佗呢！」

曉晴有點不明白：「這麼高明的醫生，曹操為什麼要殺他？」

小嵐聳聳肩，說：「其實原因眾說紛紜。有的說，是因為曹操得了頭痛病，讓華佗給他醫治。華佗診斷後說，要破開曹操的頭顱，取出裏面的致病源，病就能好了。曹操聽了，認為是華佗想害死他，十分憤怒，就把華佗殺了。」

「在這個年代，開顱手術的確嚇人。」曉星表示遺憾，說，「但曹操也太不信任神醫了。」

小嵐繼續説：「另外還有一種説法，説是曹操要華佗留在府中，做他的私人醫生。華佗不願意，便借口説自己妻子患了重病，要回家照顧，離開了司空府。曹操見華佗一直不回來，便派人去華佗的家鄉尋找，結果發現華佗的妻子好好的根本沒有病。曹操很生氣，覺得受騙了，便把華佗抓回來，殺掉了。當時，曹操身邊最信任的謀士曾經勸他，説華佗是當世神醫，不能殺，但曹操也沒有改變主意。」

曉晴聽得心驚肉跳，古時候的人真沒有法制觀念啊，隨隨便便就把人殺了。只不過是不喜歡打你那份工而已，罪不至死吧，怎麼就奪人性命？！她很是忿忿不平的：「華神醫也死得太不值了，我們得幫他。可是，怎樣才能幫到他，不讓他死呢？真是好難啊！另外，即使能讓華佗不死，但我們怎樣才能讓他聽我們的話，在二零八年的時候，乖乖地來到曹沖身邊，救治曹沖呢？何況，華佗到處行醫，他現在人在哪裏還不知道呢，就是想找到他也不容易啊！」

曉星朝小嵐眨着星星眼：「小嵐姐姐，你是天下事難不倒的馬小嵐呀，你一定有辦法救小曹沖的，是不是！」

「你不用給我戴高帽。」小嵐白了曉星一眼，說，「說實話，直到現在為止，我還沒想到辦法。不過，我會努力的。」

「嗯，我們一起想辦法，三個臭皮匠，一定勝過諸葛亮。」曉晴和曉星都一副不想到辦法決不罷休的樣子。

「咕咕，咕咕……」什麼聲音？曉星尷尬地捂住肚子。

大家才想起穿越過來也有十多個小時了，但還沒一點東西下肚呢！

曉星小心翼翼地問：「兩位姐姐，我們有錢買東西吃嗎？」

小嵐生氣地哼了哼：「沒有。本來可以帶點這個年代稀罕的東西過來換點錢的，誰叫你說穿越就馬上穿越，什麼也沒準備。」

曉晴打了曉星一下：「都怪你！都怪你！」

「嗚嗚嗚……」曉星扁着嘴。

小嵐朝四周看了看，說：「我們往有人住的地方走吧，看能不能碰到好心人，給我們一點吃的。」

三個人強忍着飢餓往前走，快走不動的時候，終於見到前面有一個村子。

「哇，有人了，我們可以要點吃的了！」曉星高興地喊着。

走近村子，發現這條村的房子都是用茅草和樹枝搭建的，十分簡陋，相信雨天一定是「屋外下大雨，屋裏下小雨」。

見到最靠邊的一間房子，門口坐着一個七八歲模樣的小女孩，她正在拿着一個崩了一個口子的破碗，把碗裏一些稀粥喂給一個三四歲大的小男孩。

那碗粥稀得像水一樣，沒有幾粒米，但小男孩小嘴巴發出嘖嘖的聲音，吃得津津有味。吃着吃着，他停了下來，對小女孩說：「姐姐，你也吃。」

小女孩說：「我已經吃過了，我那碗比你這碗還要大呢！冬冬吃吧！」

小男孩「嗯」了一聲，這才又大口大口地吃起來。

小女孩悄悄嚥了一下口水。很明顯，她肚子是餓着的，她跟弟弟說了謊話。

小男孩嚥下一口粥，又問：「姐姐，爸爸媽媽去天國那麼久了，怎麼還不回來？是不是他們覺得冬冬不乖，不要冬冬了？」

「這……」小女孩聲音哽咽了一下，說，「爸爸媽媽在天國做工，賺錢買好吃的給冬冬……」

小嵐他們聽着兩個孩子的對話，看着他們身上破破爛爛的衣服，忍不住鼻子發酸，心裏難過極了。

這時小女孩發現了小嵐幾個人，她停下了手裏的動作，有點吃驚地看着面前的陌生人。她衣着破爛，身體很瘦弱，因為那張臉實在瘦小，所以顯得一雙眼睛很大很大。

小嵐蹲下身子，溫柔地問道：「小姑娘，這是什麼地方？」

小女孩小聲說：「我不知道，但別人都把我們村叫乞丐村。」

小嵐心裏緊了緊，又問：「你們家大人呢？」

小女孩說：「我爺爺奶奶去市集討飯了。村裏其他爺爺奶奶，嬸嬸阿姨也去了。」

她用手指了指市集的方向。

小嵐留意到，她口中提到的都是老人和女人。

小嵐又問：「你們是本地人嗎？」

小女孩搖搖頭：「我們是幾個月前來到這裏的。我們原來的家沒了，父親和兩個哥哥去打仗，死了，媽媽也病死了……」

小女孩眼裏湧出了淚水，但她忍住不讓流出來。

漢朝末年，天下大亂，許多有野心的人都出來爭地盤，所以中原大地到處都在打仗。無辜的老百姓最受傷害，青壯年男人都被抓去打仗，死在戰場上，留下家中無依無靠的孤兒寡婦、老人孩子。

相信這乞丐村的居民都是戰爭的受害者，家園被毀了，家中的頂樑柱塌了，只好到處流浪，乞食維生。

小嵐和曉晴曉星都流淚了，只恨自己沒能力，沒法幫助這些可憐人。

第六章

沙律碗成了大寶貝

小嵐和曉晴曉星朝着小女孩指點的市集方向，慢吞吞地走着。

遠遠已經看到市集那邊的房屋了，但這時他們又累又餓，已走不動了。找了個稍乾淨的地方，他們坐了下來。

等會去到市集，要是沒有人給吃的，那怎麼辦？這年代可憐人太多了，很多人都自身難保，所以即使有心幫助別人，但也有心無力，就像小嵐他們想幫助乞丐村的人卻無能為力一樣。

難道要馬上回現代去？但也要時空器有電才行啊！這傢伙就是這樣任性，每穿越一次就要再充電才能用。

真是愁死了。

午後的陽光照下來，曉晴身上什麼東西在陽光下閃爍了一下，小嵐仔細看去，發現曉晴的衣服口袋裏

放着什麼亮閃閃的東西。

「這是什麼？」小嵐伸手把東西取出來，不禁驚喜萬分，「哇，天哪，曉晴你竟然把這東西帶來了！」

那是一隻玻璃碗，用來裝水果沙律的。穿越時曉晴正拿在手裏吃沙律，竟然很神奇地沒有弄丟，一直帶來了這個年代。曉晴隨手把它放在了衣袋裏。

小嵐摟住曉晴使勁拍她的背：「曉晴，我愛死你了！知不知道你帶了一件大寶貝來了，在這個年代，還沒有發明玻璃，這晶瑩剔透的碗，在古人眼中可是一件稀世珍寶呢！走，我們把它賣了，哈哈，在這裏生活一段日子，可以不愁吃穿了！」

「啊！」曉晴和曉星瞠目結舌地看着那隻碗，不敢相信自己耳朵。

這在現代司空見慣的玻璃碗，來了古代竟成了寶貝？真的假的？

可這話是小嵐說出來的，就一定是真的了。

「哇，發達了！我們不用捱餓了！」曉星笑得見牙不見眼。

曉晴也裂開嘴笑，這回可以留下結識帥哥了。

「走，我們找個珠寶店，把碗賣了，然後吃飯去！」小嵐一揮手。

有了解決問題的辦法，身上也有了力氣，三個人興高采烈地朝着不遠處的市集走去。

這是一條熱鬧的大街，大街上店舖林立，人來人往。小嵐三個人一路被圍觀，他們的現代裝扮被看作奇裝異服，引來陣陣議論：

「這三個孩子是什麼人？穿得好奇怪哦！」

「他們的衣服怎麼這樣窄小，是沒錢買那麼多布嗎？」

「那男孩子是個小和尚嗎？你看他頭髮很短呢！」

「真可憐，這麼小就做和尚了，給點錢他吧！」

於是，曉星被一個婆婆拉住，往手裏塞了一個五銖錢。

見到曉星哭笑不得的樣子，小嵐和曉星笑得肚子都疼了，這也讓他們明白除了急需填飽肚子之外，還要趕緊買來漢服換上，不然會一直被人圍觀。

幸虧這時見到一間門口寫着「珍寶齋」三個字的店舖，小嵐三人急忙走了進去。

櫃台裏站了兩個人，一個五六十歲，看打扮應是老闆；一個十八九歲，看樣子是伙計。

見到小嵐他們進來，那兩個人都有點發愣，相信跟剛才街上的人一樣，被他們的打扮給嚇着了。

小嵐三個人走到櫃台前，見到那兩位仍然傻愣愣的，曉星伸手在他們眼前擺了擺：「嘿嘿，醒來吧，呆瓜！」

那兩個人打了個顫，清醒過來。

老闆馬上笑面相迎，問道：「幾位，想買點什麼？」

小嵐搖搖頭說：「我們不是來買東西的，是來賣東西的。」

老闆一聽馬上收起笑容，不耐煩地說：「去去去，我們是賣東西的，不買東西。」

小嵐拿出玻璃碗，在老闆眼前晃了晃，說：「這個寶碗也不買嗎？」

「這、這是什麼？」老闆兩眼馬上放出光芒，「好漂亮！」

小嵐撇撇嘴說：「那你買不買？不買我們找第二

家去。」

「買買買買買買！」老闆一連說了許多個「買」字，「能給我看看嗎？」

「可以！」小嵐把玻璃碗遞了過去。

老闆在櫃台上鋪上了一條手帕，然後小心翼翼地接過碗，放到手帕上。

「天哪，真是好寶貝啊！」他近看遠看，左看右看，嘴裏不住發出嘖嘖的讚歎聲。

好久他才依依不捨地收回目光，站直身子，說：「這碗我買了，你要賣多少錢？」

「多少錢？」小嵐愣了愣，一時答不出來。

她急忙把曉晴曉星拉到一邊，說：「你們說說，要多少錢好呢？」

曉晴很困惑：「不知道這時候的幣值和物價，真不好開價呢！」

曉星撓撓頭，也說不出主意。

小嵐想了想，說：「那就要一百金好了。」

曉晴點點頭：「好，就一百金！」

曉星捂着嘴偷笑：「耶，我們可以去買好吃的了。」

於是，小嵐走回櫃台前，說：「我們要一百金。」

「一、一百金？！」不知為什麼，老闆似乎有點吃驚，「你說是要一百金？」

曉星說：「是呀，一百金，少一點也不行。這麼漂亮的碗，值這個價！」

老闆定了定神，說：「好，那就說定了，一百金。我馬上拿錢給你們。」

老闆急急忙忙走進屋裏，很快拿了個布袋出來，放在櫃台上：「一百金，你們點點數。」

小嵐正想打開包袱點數，後面有把清越的聲音響起：「這寶貝給一百金？老闆，你別欺負人家小孩子不懂事！」

小嵐他們回頭一看，只見是一個穿着白袍的二十多歲的年輕人，瘦削身材，英俊秀氣，只是臉色不怎麼好，顯得有點蒼白。

那老闆一聽年輕人這麼說，臉馬上變得通紅，囁囁嚅嚅地說：「你、你這人怎麼這樣說話，我哪有欺負他們，一百金這價錢很公道嘛！」

年輕人盯着老闆的眼睛，說：「公道？你真是睜大眼睛說瞎話！這樣一件稀世之寶才值一百金？太坑人了吧！」

他又對小嵐說：「小姑娘，別在這裏賣，我帶你去別的舖子！」

小嵐這時也看出不對來了，她馬上對老闆說：「我們不賣了！」

「別別別！」老闆急忙說，「我加錢就是。那你說該多少？」

後面那句話他是衝着年輕人說的。

「多少？」看來年輕人也不大清楚價錢，他想了想，說，「兩百金！」

「成交！」看來兩百金老闆也是佔便宜了，他好像怕小嵐他們反悔似的，急忙走進裏屋，很快又拿了一個布袋出來。

「一共兩百金，行了吧？」

年輕人拿起兩個布袋，掂量了一下，朝三個孩子點點頭：「嗯，走吧！」

「哥哥，真太謝謝你了！」小嵐和曉晴曉星興高采烈地走出珍寶齋，異口同聲感謝年輕人。

年輕人笑着擺擺手：「不用謝。我也是路見不平，不忍心你們被騙。」

曉星説：「哥哥，我們請你吃飯好嗎？」

年輕人搖搖頭説：「不用客氣。我已經吃過了。我還有事，得走了。」

小嵐問道：「哥哥，我們還不知道你名字呢？」

年輕人説：「我叫郭嘉。」

然後瀟灑地一揚袖子，走了。

「郭嘉？」小嵐和曉星同時喊了起來。

曉星興奮地説：「郭嘉，字奉孝，曹操身邊的天才謀士啊！」

小嵐擔憂地説：「據説他比諸葛亮還要足智多謀呢，可惜他三十多歲就病死了。」

曉晴傷心地説：「啊，可憐的帥哥！」

「啊，帥哥回來了！」曉星指着朝他們跑過來的白衣人。

果然是那郭嘉跑回來了，他有點氣嘘嘘地説：

「嘿，忘了問你們，你們是從哪裏來的？看你們服飾打扮不像中原人。」

小嵐當然不能説自己是穿越過來的，便編了個身世：「我們是中原人，之前一直跟家人生活在西域。最近因為戰亂，我們跟着家人走難，走失了，我們幾個就流浪到了這裏。」

小嵐之所以説是西域人，是因為西域人的服飾特點是衣短袖窄，跟他們身上穿的現代服裝有點類似。

「原來是這樣。」郭嘉打量着小嵐他們的打扮，又説，「那你們有住的地方嗎？」

曉星説：「我們剛到這裏，打算賣了物，有了錢就去吃飯和找客店。」

郭嘉指指前面，説：「這裏過去不遠，有一家雲來客棧，信譽良好，住着安全，房間也乾淨，你們去那裏投宿吧！」

小嵐點頭致謝：「謝謝郭大哥！」

郭嘉還想説什麼，不遠處有幾名站在樹下的書生大叫：「奉孝，還磨蹭什麼，快來！」

「哎，來了來了！」郭嘉應了一聲，又對小嵐他

們揮了揮手，說，「有緣再見！」

「真是個好人。」看着郭嘉的背影，三個孩子都挺感慨的。

「咕咕！」曉星的肚子又叫了，他急忙拉着小嵐的手，說，「快走吧，找個地方吃飯去，餓死了！」

走不多久見到一間賣湯餅的食肆，三個人徑直走了進去。

很快，小伙計就端來了三碗熱氣騰騰的湯餅。可能有讀者問，這湯餅是什麼東東呀！湯餅，其實相當於我們現在常吃的麪條，做法是將調好的麪團托在手裏撕成片，放到鍋裏煮熟。

雖然只是簡簡單單的一碗麪食，也不像現代那麼多配料和調味料，但早已餓壞了的孩子們，也吃得津津有味，呼呼呼很快吃完了。

曉星拍拍圓鼓鼓的肚子，還想再要一碗，被小嵐攔住了。餓了這麼長時間，一下子吃那麼多，怕他吃壞了肚子。好說歹說晚上去吃更好的東西，曉星才答應不再要了。

結賬時從錢袋裏拿出一塊金餅子，食肆老闆找給他們一大堆五銖錢，原來一金可以換九十多個五銖錢呢！大家都直皺眉頭，不知怎麼把錢帶走。幸虧好心的老闆找來了一個布口袋，讓他們把五銖錢裝好帶走。

吃飽肚子，另一件大事就是買衣服。穿着現代的衣服，走在漢代的大街上，總招來訝異的目光，太尷尬了。尤其是曉星，老被人叫小和尚，把他氣得直跳腳。

很快找到一間賣成衣及各種飾物的店舖，三個人趕緊走了進去，從頭到腳，來了個大換裝。小嵐和曉晴留着長髮好裝扮，一條絲帶把頭髮紮在後面便很好看，只是曉星的小和尚頭有點難辦。

幸好這家店舖剛好有假髮賣，熱心的店老闆給曉星試了一頂又一頂，終於把他那個疑似「和尚頭」成功遮擋。半小時後，成衣店裏走出了兩個漂亮的漢裝女孩，一個可愛的漢服小公子。

不過，他們仍然像之前那樣引人注目，因為這三個穿着打扮都像少爺小姐的人，卻奇怪地每人扛着、提着一個袋子，實在跟他們身分不相襯啊！別人家的少爺小姐，都是傭人跟着，買個小首飾都是小丫環拿的。

幸虧很快就找到了雲來客棧。

第七章

苦難的老百姓

客棧，就是我們現代的旅店。

交了租金，三個人走進房間，放下三個沉重的布袋，才一身輕鬆地坐了下來。

「唉，快把我累死了！古代人真蠢啊，怎麼不像現代那樣，弄些一百塊一千塊一張的紙幣，或者乾脆用支票呢！一張紙就可以輕輕鬆鬆帶着幾十萬幾百萬滿街跑了……」曉星躺在屬於他的那張單人牀上，嘮嘮叨叨的，「累死了累死了，我得好好歇一歇……」

小嵐打斷了曉星的話：「我們還得走一趟。我們現在有錢了，買些吃的去乞丐村吧！」

曉星一骨碌從牀上跳了起來：「該死，我怎麼就把這事忘了呢！對對對，現在就去。」

曉晴也站了起來：「買什麼好呢？」

小嵐想起客棧隔壁有個賣饅頭的小舖子，就說：

「就買饅頭吧。饅頭能飽肚子。」

小嵐拿起裝五銖錢的布袋，把裏面的錢倒了一半在牀上，然後把剩下的提在手裏，然後和曉曉星一起出門了。

走去隔壁饅頭舖子，對站在櫃台裏的小伙計問道：「我們要買饅頭。」

小伙計撓撓頭：「饅頭？饅頭是什麼？」

小嵐指指了那外形有點像饅頭，但又比饅頭扁的麪製品，說：「這不是饅頭嗎？」

小伙計看了看：「哦，你說的是蒸餅！」

蒸餅？看來這漢朝很喜歡把食物叫「餅」，燒餅、湯餅、蒸餅……都帶個「餅」字。

「買幾個？」小伙計問。

小嵐想了想，多了他們也拿不了，便說：「給我一百個。」

「一、一百個？」小伙計有點吃驚。

一般人都是幾個幾個地買，從沒見過買一百個那麼多的。

舖子裏正在做餅的一個大叔聽到有大生意，急忙走過來，說：「一百個，好啊！好，有！」

又順手拍了那發呆的小伙計一下：「傻了？還不趕緊拿個竹筐來，給人家小姐裝蒸餅。」

「哦。」小伙計摸摸腦袋，立即跑進裏屋。

一百個蒸餅足足裝了滿滿一籮筐，小嵐和曉星還有曉星三個人，好不容易才把籮筐抬到舖子門口，就拿不動了。

正在發愁，就發現有幾個髒兮兮的小孩子走了過來，嗾着口水，兩眼放光地盯着那些蒸餅。接着又來了一幫，又一幫，把小嵐三個人圍住了。

「姐姐，我餓！」有個小男孩終於忍不住開口了。

「哥哥，給個蒸餅我吧！半個也可以。」

「姐姐，我妹妹兩天沒吃東西了，給一小塊我妹妹吃好嗎？」

「哥哥，求求你給點吃的，我爺爺病了，我想帶點吃的給他……」

「哥哥姐姐，求求你們了，嗚嗚……」

小嵐的眼淚「嘩」地流出來了：「行，都給你

們。排好隊，每人一個。」

那些小孩子全都很乖地、一個接一個排好隊，每個人都從小嵐他們手裏拿到了白白軟軟的蒸餅。

孩子們有的一拿到手就大口大口地吃起來，有的小心地咬下一小口就急急地走了，有的就忙着喂給身邊小的孩子吃。剛派完一幫孩子，另一幫孩子聽到消息又來了，後來，很多老人也來了。很快，一百個蒸餅全派光了。

一個沒牙的老婆婆來遲了，看着空空的籮筐，捂着嘴無聲地哭了起來：「我可憐的小孫女兒，還以為可以有東西帶給她吃。」

小嵐拿了一把五銖錢，塞到婆婆手裏：「拿着，去買吃的吧！」

老婆婆看着手裏的錢，好像有點不敢相信，用手擦了擦眼睛，確認真是錢後，竟然顫巍巍地，想給小嵐下跪，嚇得小嵐急忙把她扶住。

「乖孫女兒呀，咱們今天有吃的了。遇上好人哪，天仙般的姑娘，好人哪……」婆婆擦着眼淚，嘴裏嘟嘟囔囔地走了。

一直站在食肆門口，十分感動地看着小嵐他們派蒸餅的食肆小伙計，這時插進話來：「這些都是流浪到這裏的難民。附近幾個城市因為一直在打仗，那裏的人家園都毀了，親人也死的死傷的傷，他們只好逃來這裏。好慘啊！」

「萬惡的戰爭！」曉星搖搖頭，說，「為什麼要打仗呢，害得老百姓這樣淒慘。」

小嵐觸景生情，不禁脫口而出，唸道：「峯巒如聚，波濤如怒，山河表裏潼關路。望西都，意躊躇。傷心秦漢經行處，宮闕萬間都做了土。興，百姓苦；亡，百姓苦。」

「好詩！」有人大喊了一聲。

小嵐扭頭看去，咦，是個熟人！

「郭大哥！」曉星首先喊了起來。

原來這人竟是之前在「珍寶齋」幫了他們的郭嘉。

郭嘉驚訝地看着小嵐：「小姑娘，這首詩是你作的嗎？寫得真好啊！」

小嵐急忙說：「不不不，不是我寫的，是一位叫張養浩的人寫的。」

郭嘉想了想：「張養浩？這是誰呀？我怎麼沒聽過。」

小嵐想，你當然沒聽過啦，這是張養浩的一首散曲作品，他是元朝人，要一千多年以後才出生呢！

郭嘉見小嵐回答不出來，便說：「我知道了，這是你寫的，是吧。說起來我也算博覽羣書，但從來沒讀過這首詩。小姑娘，你剛才派餅的事我看到了，這詩正是你的感懷之作，表達了對老百姓的深切同情與關懷。小姑娘，你是個好人。」

郭嘉朝小嵐豎起大拇指，又說：「我就住在前面承恩坊，有什麼需要幫忙的，你們三姐弟可以去找我。」

小嵐突然想到，或者可以通過郭嘉認識小曹沖，便笑着答應了。

她看了看郭嘉身後的兩個隨從，靈機一動，說：「郭大哥，眼前倒真的有一件事想請你幫忙。」

郭嘉笑道：「行，沒問題。」

小嵐說：「我打算買一百個蒸餅，送去乞丐村，但太重了我們拿不動。能不能請你派人幫我們送去？」

「乞丐村？」郭嘉好像不知道有這個地方。

「郭大哥，是這樣的。」曉星把之前經過一個村子，碰到小姐弟的事告訴了郭嘉。

郭嘉一臉凝重：「啊，我以為逃難來的百姓，就只是城裏這些。沒想到，城外還有整條村的難民。這樣吧，這一百個蒸餅由我出錢買吧，也讓我盡一點心意。另外，這件事我要告訴司空曹大人，讓他關注一下這些難民，看能不能替他們解決溫飽問題。不過，司空大人能做的事也有限，因為這些年戰爭不斷，流離失所的百姓實在太多了，朝廷也拿不出更多的錢接濟他們。」

小嵐眼睛一亮，說：「郭大哥，你肯幫助他們，真太好了。你等等。」

小嵐說完跑回客棧，很快拿了一個袋子出來，塞到郭嘉手裏：「這是我們剛才賣那隻碗的錢，我留了一些做生活費，這裏大約有一百五十金，你拿回去給司空大人，讓他用於救濟那些無依無靠的老人和孩子。」

「啊！」郭嘉拿着袋子，愣住了，「你、你把這麼多錢交給我，你不怕我私吞了。」

「我相信你。」小嵐真誠地笑着，「就衝你同情那些可憐的百姓，肯幫他們，我就知道你是個好人。」

「好，我無論如何，都會促成司空大人做好這件事。謝謝你，小姑娘。」郭嘉朝小嵐深深作了個揖，又說，「我明天來找你，告訴你司空大人打算怎樣幫那些百姓。」

郭嘉從身上拿出錢買了蒸餅，準備和兩個隨從一起送去乞丐村。

「郭大哥！」小嵐突然喊道。

「哎！」郭嘉轉過身來。

小嵐很鄭重地說：「你臉色不好，去找個大夫看看吧！有病治病，無病養身。」

「啊？」郭嘉有點愕然，想了想又點點頭，「謝謝！」

他最近的確有點不舒服，但因為怕麻煩沒想過找大夫。小嵐這麼一說，倒提醒了他。

也就是因為小嵐這句話，讓郭嘉能夠病向淺中醫，結果活到八十多歲才離世。

看着漸漸走遠的郭嘉，曉晴說：「那一百五十金，你不怕郭大哥自己拿去花了嗎？」

小嵐很自信，說：「我相信他。而且我讀過史書，書上說他是個好人。」

做了好事，心情特別好。這天晚上，小嵐他們都睡了一個好覺。

第八章

被拐的小孩

第二天是個晴天，曉星興致勃勃地說，要出去體驗一下漢末的風土民情，所以一大早就咋咋呼呼地把兩個姐姐吵醒了。

看在曉星知趣地去隔壁食肆買了早餐回來，兩個姐姐沒有揍他。

三個人吃飽了肚子，就上街去了。

走不多遠就見到前面圍了好多人，不知在看什麼熱鬧。曉晴的八卦天性在古代散發，拉着小嵐跑了過去。

圍觀的人實在太多了，圍了一層又一層。只聽到人圈裏面有人在大聲講話，有小孩的聲音，也有男人和女人的聲音。

女人的聲音：「小寶乖，快跟娘回家去。」

小孩的聲音：「我不是什麼小寶，你也不是我娘！」

男人的聲音：「臭小子，你一早起來就調皮搗蛋，讓娘打了一頓，竟然就不認娘了，你這個逆子！」

「不是不是，你們根本不是我爹娘！」又是小孩的聲音。

圍觀的人七嘴八舌在勸說：「你這小孩也太過分了吧，娘打你，你就不認爹娘，真不乖！」

「快跟你爹娘回家吧！」

「是呀是呀，打是疼罵是愛，娘打你也是為你好。」

小孩的聲音滿是委屈：「我已經說了他們不是我爹娘了，你們怎麼不信我！他們長得這麼難看，能生出我這樣漂亮可愛的小公子嗎？」

圍觀的人想想小孩說得也對，又說開了：

「對呀，這小孩生得白白淨淨，那兩個人皮膚黝黑，不像啊！」

「這對夫妻蛇頭鼠目，這小孩粉雕玉琢般好看，的確不像一家人！」

男人看看羣眾輿論偏向了小男孩，便說：「不許是隔代遺傳嗎？我爹娘長得好看啊！」

於是，風向又轉了，圍觀的人又偏向那對男女：

「也有道理。我表弟的叔父的媳婦的表妹的堂姪子長得也很漂亮，但聽說他的父母長得很難看。」

「我家隔壁老王的姪女的外甥……」

男孩氣急敗壞的聲音：「他們真是壞人，他們是拐帶小孩的壞人！救命啊！」

隨着叫聲，一個小男孩鑽出了人羣，一對中年男女緊跟着追了出來：「臭小子，不許跑！跟我回家！」

這邊看熱鬧的小嵐和曉晴曉星早已吃驚得說不出話來，這小男孩不是曹沖嗎！

遇到拐賣小孩子的壞人了！小嵐馬上明白發生了什麼，她大喊一聲：「你們要幹什麼！」

她張開雙手，攔住那一對男女。

「姐姐救我！」曹沖一見有個漂亮的姐姐幫他，馬上抱住小嵐的腿，不肯放手，「姐姐救我！」

正如小嵐所想到的，這一對男女的確是專門拐賣兒童的騙子。這兩人一早在街上遊蕩，尋找目標，沒想到還被他們找到了。一個五六歲漂亮可愛的小男孩，一個人在街上走，他們觀察了一會兒，發現小男孩沒有大人帶着，便出手了。圍觀的人還相信了他們，勸小男孩跟他們回家。本以為陰謀得逞，可以在眾目睽睽之下把人抱走，沒想到卻走來個女孩子攔路。

那個男人狠狠地瞪着小嵐：「你是誰？竟然阻撓我們帶孩子回家！」

小嵐護住曹沖，毫不畏懼地說：「我是他的姐姐！」

「啊！」男人愣住了。

女人開始也愣了愣，但很快又呼天搶地說：「天哪，有人想騙走我兒子啊，我不要活啦！」

女人邊喊邊朝小嵐撲過去，想用手去抓小嵐的臉，小嵐抱起曹沖，往旁邊一閃，女人收不住腳，撲倒地上，啃了滿嘴泥。

男人見了，咬牙切齒想打小嵐，小嵐一點不害怕，見男人走近，便 腳踢去，踢得男人連連後退。男人捋起衣袖，惡狠狠地說：「多管閒事的死丫頭，看我給點厲害你瞧瞧！」

這時聽到有人大喊一聲：「這不是之前拐走我小孩的拐子佬嗎？」

說時遲那時快，一個高大的叔叔跑過來，朝男人踢了一腳，把他踢倒在地。高大叔叔憤怒地指着那男人：「就是這個人，前幾天拐了我的兒子，幸好被我發現了，搶了回來。可惜後來讓這個壞人逃走了，天網恢恢啊，今天讓我碰上了。」

那一男一女聽到，知道事情敗露，爬起身急忙逃跑，但被高大叔叔一手一個把他們抓住了。

這時候，曉星氣喘吁吁跑來，說：「官差來了，我把官差找來了。」

原來小嵐一發現事情不對，就叫曉星去找人來幫忙，曉星跑不多遠就見到兩名巡邏的官差，就把他們領來了。

那兩名官差早從曉星口裏知道發生了什麼事，衝上去，把那一男一女抓住了。那兩人大叫冤枉，但是這時圍觀的人都不再受他們蒙蔽了，很多人都忍不住走上去踢他們一腳，或揍他們一下來洩憤。等到官差把那兩名男女從人們的圍毆中拖出來時，那兩個傢伙已經鼻青臉腫，不成人樣了。

拐賣天真可愛的小孩子，實在是天地不容啊！

小曹沖一直抓住小嵐的手不放，因為他知道這小姐姐是個可以依靠的人。兩名官差問要不要送他回家時，他抬頭看看小嵐，說：「我要姐姐送。」

官差看看小嵐，拱拱手，說：「那就拜託了。」

小嵐笑笑說：「行，沒問題。」

低頭瞧瞧那小屁孩，小嵐忍不住問道：「你怎麼一個人跑出來？」

曹沖委屈地扁扁嘴：「我二哥帶我出來玩的，走着走着不見二哥了。我想回家，但是又不認得路。」

小嵐朝曉晴和曉星瞅瞅，大家心照不宣。曹沖口中的二哥，就是曹操的二兒子曹丕。不用問肯定是曹丕故意把曹沖弄丟的，弄死曹沖可能他不敢也做不出，所以乾脆把他像小狗一樣扔了。

如果真是這樣的話，這曹丕真是太有心計了。

官差押着兩名騙子回衙門去了。曹沖朝小嵐呲着小白牙笑得很燦爛：「姐姐，走，帶我回家。」

小嵐拉着他的手，說：「小曹沖，你家在哪裏？」

小曹沖驚訝地睜大了眼睛：「啊，姐姐知道我的名字？」

小嵐笑着點點頭，說：「當然。小曹沖是個小神童呀，名聲在外，我當然知道你的名字。」

小曹沖嘻嘻地笑得很得意：「哇，沖兒真的好厲害哦！」

這小屁孩，又自戀了。

曉星摸摸小曹沖的臉，說：「你還沒回答小嵐姐姐，你家在哪呢。」

小曹沖眨眨眼睛：「沖兒住在玉妹妹家旁邊。」

小嵐和曉晴互相瞅瞅，看來這小神童也有迷糊的時候。

曉晴問道：「那你玉妹妹又住在哪呀？」

曹沖眨眨眼睛：「玉妹妹住在沖兒家旁邊。」

「啊！」哥哥姐姐被他繞暈了。

「嘻嘻嘻嘻……」小曹沖突然捂着嘴巴笑了起來。

這小屁孩，竟然捉弄哥哥姐姐！

「臭小孩，大刑侍候！咯吱咯吱咯吱……」曉星氣得伸手去撓曹沖的胳肢窩。

「不要不要不要！」曉星的手還沒有碰到曹沖身體，那小傢伙就已經笑得縮作一團了，「哥哥饒命，沖兒不敢了！」

幾個人正在玩鬧，突然聽到一聲大叫：「七公子在那裏！」

小嵐他們還沒回過神來，就被一大班手拿武器的人圍住了。

人羣中走出一個少年，雖然只有十二三歲，但卻英氣勃勃、雙眼炯炯有神，他把手中大刀指向小嵐他們幾個，喝道：「哪裏來的賊人，竟敢拐走我弟弟！快快投降！」

曹沖一見那少年，便邊喊着「三哥」，邊跑了過去，撲到那少年懷裏。

曹沖抱着少年，說：「三哥不要錯怪好人，這幾個哥哥姐姐是好人，是他們把我救了呢！」

少年摟住曹沖詢問情況，聽曹沖一五一十的講完後，他朝小嵐等人拱拱手，說：「我是曹彰。剛才得罪了，錯把恩人當壞人，對不起！」

小嵐看了看面前的英俊少年，原來這是曹操的第四個兒子曹彰。這孩子是曹操的子女中，武功最厲害的一個呢！

她也朝曹彰施了一禮，笑着說：「沒關係，不知者不罪。」

曹彰又再朝小嵐幾個拱拱手，說：「發現七弟失蹤後，我父親許下諾言，如幫忙找到七弟的，重酬。幾位能否隨我回司空府，讓父親兑現承諾，以謝搭救七弟之恩。」

小嵐笑着說：「小將軍太客氣了，舉手之勞而已，不用謝。」

曹沖生怕小嵐不跟他回家，跑到小嵐身邊，死死地揪住她的衣袖。他家兄弟多，姐妹沒幾個，而且都是循規蹈矩三步不出閨門的女孩，平日很難玩到一塊去。好不容易認識了一個又熱心，又勇敢的姐姐，哪肯放過。他討好地說：「姐姐，我要你去我家玩，我有很多好玩的東西，我全都給你玩。」

小嵐也想借這機會接近曹沖，於是點點頭，說：「好的，我就去拜訪一下你們家。」

「好啊！」曹沖高興得呲着小白牙，笑得有牙沒眼。

曉晴在一旁拉拉小嵐，說：「曹操不是丞相嗎？我看電視劇，都叫他曹丞相的。怎麼他住的地方不叫丞相府，而叫司空府呢？」

小嵐說：「有些電視劇亂來的。曹操在二零八年才做丞相，現時的職務還是司空呢！司空是朝廷中權力最大的三個官職之一，另外兩個職位是太尉、司徒。」

「哦！」曉晴恍然大悟。

第九章

被猴子故事迷住的孩子

坐上了曹彰找來的馬車，小嵐等人向司空府而去。曹沖一路上都喜滋滋的，拉着小嵐說話，看樣子，他真的很喜歡這個姐姐呢！

機會難得，小嵐了解起曹沖的身體狀況：「小沖沖，你會不會經常生病吃藥呀？」

「哦，姐姐是說吃苦苦的湯藥嗎？有過啊，上個月就試過一次，我和哥哥們在荷花池邊上玩，不小心掉池裏了，幸好被救了上來。但是卻着涼了，結果大夫讓我吃了好多天苦藥。那藥好苦好苦哦！」小曹沖的小臉皺成了個小苦瓜。

「哦，除了這次外，還有沒有生過其他病呀？」

「沒有啦。我身體棒棒的，父親叫我小老虎呢！」小曹沖用小爪子做了一個老虎撲人的動作，又「嗚哇」地叫了一聲。

「可愛的小傢伙！」小嵐忍不住用手捏捏曹沖的

小臉，又問，「那是不是說，除了那次掉下池塘着涼生病，你就沒有病過？」

小曹沖想了想，說：「做小娃娃的時候有沒有病過，我就不知道了，因為小娃娃傻傻的不會記事。但長大以後，好像就沒怎麼病過，父親請御醫給我看過，御醫伯伯也讚我身體好呢！」

小嵐點點頭。看樣子，曹沖十三歲那年很可能是突發的疾病，而不是舊病發作。看來真的要找華佗幫忙，才能救曹沖的性命哩。

小嵐又問：「小沖沖，你認識一個叫華佗的大夫嗎？」

「華佗？」小曹沖眨眨眼睛，又搖搖頭，「沒聽過。」

小嵐想，唔，那就說明華佗還沒有成為曹操的私人醫生。去哪裏找他呢，這有點棘手啊！

聊着聊着，就到了司空府門口了。

「哇，好多人歡迎我們啊！」一直撩開車簾看外面風景的曉星，沾沾自喜地說。

小嵐抬頭看去，果然，門口站了起碼三四十人，站在最前面的，伸長脖子張望的，分明就是曹操。

曉晴一副震驚狀：「天哪，我不知道自己那麼受歡迎！」

小嵐給了曉晴曉星每人一巴掌：「想得美，人家是來接小曹沖的。」

車子剛停下，小曹沖就跳下車，一邊喊着「父親、父親」，一邊朝門口的人羣跑去。那曹操一見，也朝曹沖衝了過去，父子兩人抱在一起。

被人稱為「一代梟雄」的曹操，此時雙眼含淚，他把兒子抱得緊緊的，好像怕他又再失去：「沖兒，沖兒，你嚇死父親了！」

「父親，父親，沖兒好怕見不到您了！」曹沖把頭埋在曹操懷裏，一臉的依戀。

小嵐這時已下了車，站在離那對父子幾米遠的地方，靜靜地觀察着。

在小說《三國演義》中，曹操是奸詐、殘忍、任性、多疑的反面人物典型。而在史書《三國志》中，作者陳壽認為曹操謀略過人，善用賢才，是傑出的軍事家、政治家和文學家。

但如今出現在小嵐眼前的，只是一位找回了心愛兒子的溫情脈脈的慈祥父親。

「父親，二哥呢？他也迷路了嗎？他找回來沒有？」曹沖突然想起了什麼，他焦急地問。

曹操怒氣沖沖地說：「那個混帳小子，竟然把弟弟丟了。我讓他在祠堂跪兩天，不許他吃飯。」

曹沖一聽很着急，說：「父親別生氣。您別怪二哥，是沖兒調皮走失的，你別讓他跪祠堂，別讓他餓肚子。肚子餓好慘哦！」

「不行，不管怎樣，他帶你上街就得照顧好你。他沒做到，就是沒盡到責任，就要受罰。」曹操親了曹沖一口，說，「不過，既是沖兒為他說情，我就從輕處罰，讓他跪到明天早上吧！」

「父親，不要！」曹沖不依地扭着小屁屁。

「不許替他說話，再說罰他跪三天！」曹操故意扳着臉，拍了曹沖的小屁屁一下。

曹沖撅着嘴不敢再說話了。

「父親父親。」曹沖突然想起了小嵐他們，忙說，「他們就是救了我的那幾位哥哥姐姐。」

曹操把小嵐幾個人打量了一下，然後點點頭，說：「多謝幾位小友救了我沖兒。我之前承諾過，給救我沖兒的人重酬，現在是兑現承諾的時候了。」

他回身一招手，一個侍衛便捧着一盤金燦燦的金餅子，走了過來。

小嵐堅決地說：「司空大人，我們幫七公子，只是路見不平拔刀相助，並不是為了回報。請把金餅子收回。」

「哈哈哈，原來救了七公子的是你們幾位！」忽然從司空府中走出一個人，直朝小嵐他們走來。

啊，是郭嘉！

郭嘉走到曹操面前，朝曹操作了一揖，說：「司空大人，這三位就是我跟你說的善心孩子。他們買食物給難民，又贈了一百五十金安置難民，品行高尚。所以，他們救了七公子，是一定不會要大人您的錢的。」

曹操眼睛一亮，臉上露出驚訝的神情：「三位小小年紀，就懷慈悲之心，實在令人讚歎。昨日奉孝跟我說了你們的事之後，我已經打算用你們的錢，加上我自己捐贈的三百金，設立一項救濟基金，再找人捐錢捐物，籌措更多錢，共襄善舉，救助難民。本來還準備讓奉孝今天一早去請你們來商量，沒想到沖兒走失了，就把這事耽擱了。真沒想到，這麼巧你們救了我的兒子……」

郭嘉笑嘻嘻地說：「這是司空大人和這三位善心孩子結的善緣呢！」

「哈哈哈，說得有道理，看來我們是真有緣份。這樣好了，既然三位小友做善事不求回報，我就把這些酬金捐給難民基金。」見到小嵐三人點頭，曹操便揮手讓侍衞把金餅子拿回去，他又說，「雖然幾位不求回報，但作為沖兒的家人，還是要表示謝意的。請三位小友移步我家府第，一來見見我家人，二來吃頓便飯，略表謝意。不知三位意見怎樣？」

小嵐也想跟曹操搭上關係，好實現她的「拯救華佗再由華佗拯救曹沖」的計劃，於是便代表曉晴曉星點了頭。

見到小嵐他們肯留下，最高興的還是曹沖。他跑到小嵐身邊，牢牢牽着小嵐的手，一跳一跳地走進司空府。

首先見到的是曹操的一班夫人，卞夫人、環夫人、杜夫人、秦夫人、尹夫人……

接着是曹操的一羣兒子，除了曹丕被罰跪祠堂，其他曹彰、曹植、曹熊、曹鑠、曹據、曹宇、曹林……還有他的養子何晏、秦朗、曹真。

幸虧他們家重男輕女沒把女孩兒叫出來見客人，否則光是聽那幾十個名字，看那一晃一個一晃一個幾十張臉孔，就足以把人晃暈了。

放在現代的學校，比一個班的學生還要多呢！香港實施小班教學，一個班不超過二十五人。

反正到了最後，小嵐只是記住了兩位夫人，卞夫人——因為她是第一個被介紹的。還有環夫人——因為她是曹沖他媽。年輕一輩就只記住了曹彰，因為在集市時就認識了。還有就是曹植，寫出七步詩「煮豆燃豆萁，豆在釜中泣」的未來大文豪，小嵐他們小學時就從課文裏知道他了，名字簡直如雷貫耳啊！

擾攘半天，吃了飯，喝過茶，小嵐就準備告辭了。「拯救華佗再由華佗拯救曹沖計劃」已走出第一步，之後就要隨機應變，一邊等時空器充滿電，一邊尋找華佗了。

可是，他們走不了啦！

因為吃完飯閒坐喝茶時，小嵐禁不住小可愛曹沖的請求，給他講了一個孫悟空大鬧天宮的故事。沒想到讓曹沖和他的兄弟們全都迷上了那隻古靈精怪的猴子，從少年曹彰到兩歲的曹小弟，大的叫小的哭，聲音震天，就是不讓小嵐走。

小嵐和曉晴曉星多次想「突圍」，終告無效，只好一臉無奈敗下陣來。

結果由司空大人曹操親自出馬挽留，希望小嵐三人留下來，讓他們在司空府小住一些日子，滿足那二十多個「求故事若渴」的小傢伙。

禁不住那大大小小幾十隻眼睛眼巴巴的看着，小嵐只好點頭答應了。

曉星和曉晴巴不得留下，住司空府和住那個小客棧，簡直不可同日而語啊！

第十章

本是同根生，相煎何太急

三個小客人被安排到海棠客院住下，這個客院有十多間房間，小嵐本來主張每人住一間、互不干擾的，只是曉晴一個人住着一個大房間很害怕，硬是纏着和小嵐住了同一間。

躺在旁邊的曉晴已經發出輕輕的鼾聲，但小嵐卻睡不着。穿越來漢朝末年的第一天，就認識了這時期最有名的人物曹操，見到了小神童曹沖、大才子曹植、未來的皇帝曹丕，還有三國著名謀士郭嘉，人生真是奇妙啊！

月輝從窗外照進來，給房間灑上了一片白，小嵐睡不着，便起身悄悄走出了房間。

沿着一條花間小徑走出去，便是司空府的主幹路，路上沒有一個行人，相信人們大都安睡了。可以見到月色下錯落有致的亭台樓閣、小橋流水，十分好看。

忽然見到路中間有小小的一團，一動不動的，好像是隻小動物。

小嵐膽子向來大，何況這麼小的動物相信也不可怕，於是她輕手輕腳走了過去。

那小小的一團動了動，小嵐嚇了一跳，停下腳步。卻看到那小小一團突然直立，向自己撲過來。

小嵐本能地想一腳踢過去，幸好關鍵時刻發現那原來是個小孩子，及時收腳，才沒釀成傷人事件。

「小嵐姐姐！」隨着一聲叫，小嵐才知道那小小的一團竟然是個小孩子！

「七公子，是你？！」小嵐一把扶住撲過來的人。

「小嵐姐姐！」曹沖摟住小嵐，把小腦袋埋在她懷裏。

小嵐把曹沖打量了一下，發現他手裏還提着一個食盒：「這麼晚了去哪？幹嘛蹲在路中間？」

「我在廚房偷偷拿了些吃的，打算給二哥送去。他一天沒吃東西，一定餓壞了。」曹沖把頭埋在小嵐懷裏，說話聲音有點發抖，「可是……」

小曹沖其實是心裏害怕。路上好靜好黑啊，還時不時從草叢中悉悉嗦嗦跑出一隻什麼小動物，頭上撲楞楞的飛起幾隻小鳥，還有不知是什麼怪鳥發出十分恐怖的叫聲，嚇得他蹲下來縮作一團，不敢再走了。

小嵐無語地摸着曹沖的小腦袋，聰明又自戀的小屁孩，你也有害怕的時候嗎！

「小嵐姐姐，你陪我一起去好不好？」曹沖有點不好意思的扭了扭身子。

「好吧！」小嵐拍了拍曹沖的小腦袋，又接過了他手上的食盒。

「謝謝小嵐姐姐！」曹沖高興得眼睛彎彎、嘴角上翹。

小嵐一手提着食盒，一手拉着曹沖，在曹沖指點下七拐八彎的，走了十來分鐘，前面終於出現了那座孤零零豎立着的曹氏祠堂。曹沖高興得小小聲歡呼一下，拉着小嵐的手跑了過去。

到了祠堂門口，小嵐把食盒遞給曹沖，說：「我不方便進去，在門口等你吧！」

在古代，女子是不能進祠堂的，小嵐要尊重這年代的風俗習慣。

「謝謝小嵐姐姐！」曹沖接過小嵐手上的食盒，推開祠堂的大門，迫不及待地喊了起來，「二哥，沖兒來了！」

祠堂很大，一個孤獨的身影，面向一個個祖先牌位跪着。聽到喊聲，他緩緩地扭過頭來。

也許是跪了一天，又沒吃東西，在昏暗的燈光下，曹丕顯得臉色灰敗，十分憔悴。

「七弟，你、你回來了！」曹丕眼睛瞬間睜大了，臉上的神情不斷變幻着。

先是吃驚，接着是失望和不甘，但最後又好像有點如釋重負。

「二哥二哥，這是你愛吃的烤雞腿，還有芝麻胡餅。快吃快吃！」曹沖打開食盒，從裏面拿出一隻雞腿，塞到曹丕手裏。

曹丕愣愣地看着曹沖。

「吃呀吃呀，二哥一定餓壞了。都是沖兒不好，沖兒走失了讓二哥受罰。」曹沖很自責。

曹丕吸了吸鼻子，張嘴把雞咬了一大口，快速地咀嚼起來。一天沒吃東西，他顯然是餓極了。

「水。」曹沖體貼地遞給他一瓶水。

曹丕接過大口喝起來，「咳咳咳！」

大概是喝得太猛，他嗆着了。

曹沖急忙用小手給他輕輕拍着背：「二哥慢慢喝，別嗆着了。呵，乖！」

曹丕喉嚨哽咽了一下，眼淚嘩地流了出來。

這是後悔和自責的淚水。原來曹丕算計曹沖已經不止一次了，除了這次故意把他丟在市集，早前的掉落荷花池，也是曹丕做的手腳。

「二哥，你哭了？」曹沖惶惑極了，「二哥，你不要哭，你哭沖兒也會難過的。嗚……」

「七弟，是二哥不好，哥哥對不起你！」曹丕一把抱住曹沖，抱得緊緊的，哽咽着說。

兩兄弟竟抱頭痛哭。

過了一會兒，曹丕放開曹沖，見他圓圓的小臉蛋哭成小花臉，忍不住嗤地笑了起來，又掏出手帕替他擦眼淚。

「我也給哥哥擦。」曹沖拿出自己的小手帕，擦着曹丕臉上的淚水。兩兄弟你給我擦，我給你擦，場面感人。

弟弟可愛的小臉，溫暖的小手，觸動了曹丕心底那一塊柔軟的地方，他很後悔自己之前所做的一切。

世子之位難道真的那麼重要嗎？它比得上親情重要嗎？

曹丕心裏百轉千迴，他暗暗警告自己，今後一定不可再有害曹沖之心。

小小的單純的曹沖，可一點不知道面前的哥哥瞬間想了那麼多，他只是仰着小臉，眼睛彎彎的，細心地給哥哥擦着眼淚。

小嵐靠在門口的一棵大樹上，靜靜地看着裏面發生的一切，心想，就算是鐵石心腸，都會被曹沖這樣一個貼心小天使融化掉吧！

曹丕的確餓了，他吃完雞腿，又吃了四個餅子，喝了很多水，這才意猶未盡地擦了擦嘴。

這時，他突然發現了門外的小嵐。

「你是誰？！」他圓睜雙眼，喊道。

果然不愧是未來的魏文帝，那一聲喊還挺有氣勢的呢！

小嵐還沒開口，曹沖就說：「她是小嵐姐姐！」

見曹丕一臉的狐疑，曹沖又解釋說：「我在市集上被兩個拐賣兒童的騙子抓了，是小嵐姐姐給我解圍的。」

「拐賣兒童的騙子？沖兒遇上拐子佬了？」曹丕吃驚地看着曹沖。

「嗯嗯嗯。拐子佬很可怕。」曹沖扁扁嘴，心有餘悸。

曹丕腦海湧現出被拐賣小孩的慘狀，不禁出了一身冷汗。他朝小嵐點點頭，感激地說：「真是太感謝你了！」

小嵐有所指地說：「不用謝。這麼善良可愛的孩子，相信誰也不忍心讓他受傷害的。」

曹丕沒作聲，只是用力把曹沖抱了抱，然後說：「回去睡覺吧，路上小心。」

曹沖很擔心地說：「二哥，你一個人在這裏，會不會害怕？我留下來陪你吧！」

曹丕眼裏露出脈脈溫情，說：「二哥不害怕，二哥是大人了，沒問題的。你回去吧！」

曹沖很崇拜地望着曹丕：「二哥真厲害。我長大了，也要和二哥一樣勇敢。」

曹丕面有愧色，他提上食盒，拉着曹沖走到大門口，對小嵐說：「我弟弟就拜託小嵐姑娘帶回去了，曹丕在此謝過。」

小嵐笑笑說：「舉手之勞，不用謝！」

小嵐心想，不管原來歷史上曹沖的死是不是曹丕造成的，但現在的曹丕，相信再也沒有加害曹沖之心了。

第十一章

小嵐牌水果冰

小嵐和曉晴曉星在司空府住了下來，日子過得忙碌而快樂。

他們有時出去到處走走，看看大漢朝的山山水水，領略一下一千多年前的風土民情，或者去照顧那些難民。

曹操這人還是説話算數的，第二天他就讓郭嘉領着兩名有經驗的家臣，開始運作難民基金會。一邊找人捐錢，一邊開始了對難民的援助。首先做了幾件事，一是組織人力去乞丐村修補千瘡百孔的破房子，二是在乞丐村旁邊再蓋了很多結實的草房子，給露宿街頭的難民居住。三是設立粥廠，每天定時向難民們派吃的，讓他們不再餓死街頭。

見到乞丐村的房子不再透風漏雨，市集上的那些難民有了棲身之地，流浪兒童也有了東西下肚，小嵐和曉晴曉星都很高興。

考慮到難民基金不可能長期投放大量資金，也想給一些還有工作能力的人就業機會，自己養活自己，小嵐給郭嘉提了個建議，讓難民做些力所能及的能賣錢的手工藝。郭嘉覺得可行，就讓難民上山砍竹子編竹器，或者買材料回來繡花、編小手工藝等，交給開店的商人寄賣。這樣下來，效果還挺好的，難民們有了目標，幹勁很足，有手巧的難民，賺的錢已足夠應付日常吃的用的，再也不用基金會接濟了。

晚上，曹家的公子們放學回家，小嵐他們又成了孩子王。小傢伙們一個個到海棠客院的小院子排排坐、聽故事。

連那幾個害羞的曹家小姑娘，也都按捺不住好奇，羞羞答答地躲在樹叢後面偷聽。

最高興的還是曹操那些夫人們，往常晚上都是她們最頭痛的時候，那些精力充沛又無處安放的小子們，總是爬樹的爬樹，打架的打架，弄到司空府雞飛狗跳、沒得安寧。

自從小嵐他們來了之後，媽媽們再也不用擔心

兒子們闖禍了。看他們安安靜靜地坐着，前所未有的乖巧聽話。媽媽們可高興了，優哉悠哉地坐在樹蔭底下，一邊欣慰地看着小子們的乖模樣，一邊也加入了故事迷的隊伍。

以至曹操後來從外面回家時，常常看不見那班一向風雨不誤候在門口迎接他的夫人們的蹤影。尋到海棠客院時，才看見那大大小小乖乖坐着聽故事的和諧場面，看得曹操老懷大慰，一改往日一家之長的嚴肅，摸着鬍子笑得像個彌陀佛似的。

小嵐也挺無奈的，可愛的曹先生曹太太們，八成是把她當成幼稚園教師了。

沒想到「苦難」還在後頭，不幾天就開始放暑假了。每年天氣最酷熱的日子，私塾都會放一段時間的假，免得學生們烈日下上學放學，不小心中了暑。

司空府那些上學的孩子不用上學了，練武藝的少年們也暫時不用去練兵場訓練了，這讓小傢伙們特別高興，因為他們可以一整天地賴着小嵐了。

小嵐一個頭兩個大，沒想到穿越時空來到漢末，讓一班小傢伙給纏上了。

這天的天氣特別熱，雖然坐在花園的樹蔭下，身邊有小丫環拿着扇子搧風，但還是熱得人滿頭大汗。

小嵐很快就講到口乾舌燥了，看到那些渴望的眼神，不忍心停下，於是叫曉星接力，因為曉星也看過西遊記。曉晴沒看過，所以幫不上忙。

曉星一開始時還滿得意的，看着孩子中仰着小臉專注地聽故事的曹沖曹植，心裏那個美呀！給古代的神童和大才子講故事，試問有誰擁有過這樣神奇的經歷呀？要不是不能告訴現代的人，那足夠自己吹上十年八年的牛皮了！

可是酷熱的天，在沒有空調的古代，真是難受呀！曉星很快也覺得嗓子發啞渾身難受了。

「好，下面休息一下，等會兒再講故事。」小嵐拍拍手，宣布休息。

「哎喲，剛聽到精彩的地方。」

「休息多久呀，我想繼續聽呢！」

「是呀是呀，我不喜歡休息。」

「小嵐姐姐，只休息一下下，又再講故事，好嗎？」

故事迷們不樂意了，媽媽們也優雅地點着頭，贊同孩子們的話。

小嵐想，不行，這會把自己和曉星累死的，得想個辦法轉移他們的注意力。

這時曉星在一旁，邊擦汗邊埋怨說：「該死的古代，沒有空調，也沒有汽水沒有冰淇淋……」

「冰淇淋？」小嵐靈機一動，有了！

現代小屁孩夏天喜歡冷凍飲品，相信古代孩子也不例外，一於把重點轉移。

小嵐問曹彰：「三公子，你們家有冰嗎？」

曹彰點頭說：「有啊，在冰窖。」

小嵐大喜，說：「你叫人拿些冰塊出來，砸成小冰粒。然後找些水果，也切成粒。再拿些羊奶來。」

曹彰有點莫名其妙：「啊，用來幹什麼？」

小嵐眨眨眼睛，說：「做好吃的！」

「啊！」少年將軍眼睛一亮，還從來沒聽過用冰粒做吃的呢！他趕緊吩咐下人，按小嵐說的準備東西。

曉星知道小嵐想做什麼，嘴裏已經開始流口水了，他問：「小嵐姐姐，怎麼不拿牛奶？羊奶有些腥。」

小嵐說：「誰不知道牛奶最合適。但現在牛奶還沒作為健康飲品普遍使用呢！一般人都是喝羊奶的。」

很快，就有一班侍衛送來了一小桶冰粒，一大盆水果粒，一大壺羊奶。等侍衛按吩咐把一隻隻小碗放在石桌上後，小嵐便開始炮製美食了。往每隻小碗裏放一勺冰粒，一勺水果，又把壺裏的羊奶倒進碗裏……

「哇，好漂亮！」

「姐姐，這是什麼？」

「這是吃的嗎？」

孩子們大熱天時見到涼嗖嗖的冰，又見到紅紅綠綠的水果粒，都驚喜地圍了過來。

小嵐拍拍手，說：「這是好吃又解渴的消暑食品——水果冰，大家不用客氣。」

眼饞的小傢伙們一擁而上，每人拿了一碗。

「哇，好好吃哦！」

孩子們吃得好快樂，從來沒吃過這麼好吃的東西啊！就連媽媽們也不再矜持，忍不住讓丫環替她們每人拿了一碗。

孩子們每人吃了幾碗還要吃，小嵐怕他們吃多了不好，讓侍衞把東西拿走了。

媽媽們也意猶未盡，但她們也知道這生冷的東西吃多了不好，為安撫一班小豆丁，便由卞夫人宣布，水果冰從今天起納入曹府的每日食譜裏，贏得一陣熱烈的歡呼。

晚上，孝順的小曹沖跑去廚房，把自己偷偷藏起來的一碗水果冰，拿去書房給曹操吃。曹操正在書房看書，見到曹沖，馬上眉開眼笑：「沖兒，怎麼還沒睡？」

曹沖從丫環拿着的托盤裏拿了一碗水果冰，獻寶似地端到曹操的面前：「父親，這是小嵐姐姐發明的水果冰，好好吃哦！父親快嘗嘗。」

水果冰還沒吃，曹操心裏就已經一片舒暢，兒子有好東西，會惦掛着給父親吃呢！

「哈哈哈，好好好，謝謝沖兒！」曹操開心地端起水果冰，先欣賞了一下那多彩、晶瑩的賣相，然後用勺子吃了一大口，「不錯不錯，好吃好吃！」

站在一邊盯着父親反應的曹沖聽了，高興得眼睛

彎彎的：「父親喜歡，沖兒每天給您做。」

曹操老懷大慰：「好，謝謝沖兒了！」

曹操樂呵呵地摸摸兒子的腦袋。這幾天他心情都挺好的，因為每天回到家，都發現以往總是鬧哄哄令人頭痛的家變成和諧社會了。兒子們不打架了，一班夫人也不勾心鬥角玩「宮鬥」了，他們有了許多共同話題，常常在一起交流對那隻猴子還有猴子的師父唐僧的喜愛與擔心，不知他們還要經歷多少劫難，還要打退多少妖精，最後到底有沒有取到真經。

曹操覺得自己留下了小嵐是多麼的明智。

第十二章

小神童複雜的感情世界

吱吱的鳥叫聲，把小嵐吵醒了，她看了看身旁的曉晴，曉晴還在蒙頭大睡。

一連幾天，都有迫不及待想聽故事的小傢伙，天沒亮就跑來海棠客院使勁敲門，大叫「小嵐姐姐講故事囉」。弄得小嵐每天這個時候就醒了，一邊躺在牀上不想起來，一邊緊張兮兮地等待那砰砰的敲門聲。

但今天，怎麼這麼安靜？

一直到太陽曬進來，看樣子已是早上七點多鐘了，但是外面還是靜悄悄的。小嵐覺得也該起牀了，於是拍了拍曉晴的肩膀：「喂，起牀了！」

「又來拍門了嗎？睏死了，都不讓人多睡一點。」曉晴擦擦眼睛，不滿地嘟噥着。

小嵐起了牀，一邊穿襪子一邊說：「今天沒有人來拍門。現在七點多了，快起來吧！」

「呵……」曉晴伸直雙手伸了懶腰，「太陽從西

邊出了，小屁孩們竟然不來騷擾。機會難得，我再睡一會兒。」

「懶蟲！」小嵐也沒理她，自顧自去洗漱。

梳洗好走出來，見到曉星已經坐在大廳裏吃早飯了。

「小嵐姐姐快來吃早餐，春梅剛送來的。」

春梅是曹操派來侍候他們幾個的小丫環，年紀跟曉星差不多大。

漢代的老百姓一般只吃兩頓飯，朝食，即早餐；晡食，即晚飯。但有錢人家就會安排一日三餐或四餐。司空府就吃三餐，跟現代人一樣。

曉星正盤着腿坐在地上，面前一個矮矮的茶几，上面放着他們三個人的早餐。漢代以跪坐為標準坐姿，跪坐其實挺辛苦的，不習慣的人，一會兒雙腳就會發麻，站也站不起來。所以在沒有其他人的時候，他們幾個都是盤腿坐着。

「沒想到漢朝的食物還挺好吃的。」曉星一手拿着餅子，一手拿着一串肉，吃得滿嘴是油。

司空府的早餐的確豐富，一般都有幾種不同味道不同做法的餅子，有水果，還有水果冰。自從小嵐把水果冰介紹到司空府後，不論大小都愛上了這種夏日消暑食品。

小嵐坐到茶几前，拿起一個餅子咬了一口，點點頭說：「嗯，不錯。」

很多人以為現代才會有那麼豐富的食物，但其實漢代的食物已經多種多樣了。單單麪製品一項，就有用水煮的「湯餅」，用籠蒸的「蒸餅」，用火烤的「爐餅」。其中，「湯餅」有豚皮餅、細環餅、截餅、雞鴨子餅、煮餅等；「蒸餅」有白餅、蠍餅等；「爐餅」有燒餅、胡餅、髓餅等。

小嵐曾聽自己的考古專家媽媽説過，他們在湖北江陵鳳凰山漢墓出土文物的考察中，還發現了竹籠裹盛着的米糕呢！不過，小嵐來到後還沒吃過，有可能只是屬於某一個地方的食品。

另外，漢代的水果也很多，比如説桃、李、梅、杏、棗，還有漢武帝時張騫從絲綢之路帶回來的葡萄、石榴、無花果等等。

哈哈哈，小讀者看到這裏該流口水了吧！

兩個人吃完早餐，曉晴才睡眼惺忪地起了牀，小嵐和曉星也沒等她，兩人出去散步了。

小嵐一向有早上跑步的習慣，只是來到這古代之後就沒再堅持了。一來衣服繁複又累贅，跑起來實在不方便。二來，在這千多兩千年前的古代，對女孩子有很多限制，走路快點都認為是不守規矩，何況跑步？讓這年代的人看到了，相信連眼珠子都會掉出來。還是入境隨俗算了。

在門口見到恭敬地站着等吩咐的春梅，小嵐說：「春梅，怎麼不見公子們？」

春梅笑着說：「回小嵐姑娘。聽說是司空大人發話，說過兩天要考他們功課，所以一個個都在用功呢！」

原來是這樣！小嵐哈哈一笑，好啦，這幫小傢伙起碼有幾天不會來纏她了。

走不遠有個小花園，見到曹沖坐在一塊大石頭上，膝蓋上明明放着一本書，但眼睛卻看向了別的地方。他兩手托着腮幫，皺着小眉頭，不知在想什麼。

「小沖沖，怎麼不好好看書，在發什麼呆？」小嵐走近，笑嘻嘻地問道。

曹沖嚇了一跳，埋怨説：「哇，小嵐姐姐，你把我嚇着了。」

「在想什麼呀？」小嵐坐到曹沖身邊。

「小嵐姐姐好，曉星哥哥好。」曹沖跟小嵐和曉星打了招呼，又一臉惆悵地説，「我在想，究竟將來是娶玉妹妹好呢，還是娶雲姐姐好呢。」

「哈哈哈……」小嵐和曉星馬上笑噴了。

這麼個小不點，就開始想娶妻結婚了。

曉星湊過來逗他：「那你喜歡玉妹妹多一點，還是喜歡雲姐姐多一點？」

曹沖眨眨眼睛，皺皺小鼻子，顯得很糾結：「差不多喜歡。」

曉星給他出主意説：「這樣好了。你繼續和玉妹妹和雲姐姐玩，了解她們多些，然後再決定選誰。」

曹沖鼓鼓小腮幫，委委屈屈地説：「可是，玉妹妹説，要是我再跟雲姐姐玩她就不理睬我了。雲妹妹也不許我跟玉妹妹玩，只許我跟她一個人玩。怎麼辦呢？」

「啊！」小嵐和曉星都傻了，小神童的感情生活

真淩亂啊！

小嵐和曉星撓頭沒主意之時，有曹操身邊的侍衛找來了：「七公子，司空大人讓我帶話給你。」

「父親說什麼？」曹沖一聽，馬上把個人感情放在一邊，坐正身子，問道。

侍衛說：「剛剛有人獻了一隻五彩羽毛的山雞給司空大人，大人想看山雞開屏跳舞，便把山雞帶到偏廳，放了出來。但想了很多辦法，山雞都呆呆地站着，別說是跳舞了，連動也不動一下。所以大人派我來找七公子，看有沒有辦法讓牠跳舞。」

「山雞不肯開屏？」曹沖眨了眨眼睛，又用小手指在頭頂篤了幾下，「哎，有了，你讓父親在山雞面前放一面大銅鏡。山雞以為大銅鏡中的自己是另一隻山雞，想要比美，就會開屏起舞的。」

侍衛聽了大喜，忙向曹沖鞠躬行禮：「謝謝七公子！我馬上回稟司空大人。」

小嵐悄悄跟曉星說：「這事我知道。成語『山雞舞鏡』就是出自這個故事。」

曉星喜滋滋地說：「哇，我們不但見證了曹沖稱象，還見證了成語故事，我們好厲害啊！」

曹沖聽到曉星最後說的那句話，問道：「曉星哥哥，你說誰很厲害？」

曉星說：「我們說你很厲害呢！」

曹沖驕傲地挺起小胸脯：「那還用說嗎？我是全天下最聰明可愛的小公子哦！」

「嘖嘖嘖。」小嵐捅捅曉星，「論起自戀，你得喊他師傅。」

「嗚嗚嗚，七公子，救救我！」這時，一個十五六歲的少年，邊抹眼淚邊走了過來。

曹沖認得是司空府倉庫的管理員，見他哭得花臉貓似的，便忍不住用小手指畫着臉頰：「這麼大的人還哭鼻子，羞羞羞！」

管理員不好意思地抹眼淚，說：「七公子對不起。」

曹沖又問：「發生什麼事了？」

「司空大人最喜歡的那個馬鞍，讓老鼠咬了個大洞。」管理員沮喪地說，「大人知道後一定會很生氣的，說不定會殺了我呢！我不能死，我父親去世了，

家裏母親和小妹妹全靠我賺錢養活呢！」

說到這裏，管理員又嗚嗚嗚的哭了起來。

「又哭又哭，像個小孩兒似的！」曹沖說人家是小孩兒，就得扮大人了，他把兩隻小短手放在身後，學父親平日那樣扮成熟，「嗯，好啦好啦，看在你一片孝心份上，我保你不死。」

「真的！」管理員馬上破涕為笑，「謝謝七公子！」

曹沖又說：「拿一把剪刀來。」

「是！」小管理員見曹沖肯幫他，知道不用死了，也不問這剪刀用來幹什麼，便興沖沖地回去拿了。

曉晴小聲嘀咕：「這小神童要剪刀幹什麼？」

曉星在一旁得意地說：「我就知道。我看過『曹沖智救庫吏』這個故事。」

曉晴鼻子哼了哼：「看過書很了不起呀，我現在還是現場看呢！」

這時小管理員氣吁吁跑回來了。曹沖對他說：「你把我身上的衣服剪幾個洞。」

小管理員一聽愣了：「啊，好好的衣服，幹嘛要

剪幾個洞。太暴殄天物了！」

曹沖撅起小嘴：「叫你剪你就剪嘛！看來你不但是個愛哭鬼，還是個囉嗦鬼！」

「好，剪剪剪！」小管理員的手哆嗦了一下，咬咬牙，拿着剪刀去剪曹沖的那件外袍。

曉晴嘀咕說：「這小孩兒傻了吧，在好好的衣服上剪幾個洞洞，什麼意思？」

「燕雀安知鴻鵠之志！」曉星向來把笑話姐姐當樂事。

「你！」曉晴大怒。幾乎天天都會上演的「追打大戲」又要上演了。

「喂喂，好啦好啦！」小嵐拉住了曉晴，又朝曉星哼了哼，「自作聰明！燕雀安知鴻鵠之志是這樣用的嗎？回去查查字典！」

「哦。」曉星乖乖地應着。

那邊小管理員已經把曹沖的衣服剪了五六個洞洞，曹沖說：「好了，我們現在一起去偏廳。我先進去，你在外面等着，等我發出暗號，你就進來，把老鼠咬馬鞍的事稟報父親。」

小管理員一聽不禁有些害怕，聲音顫抖說：「啊，去、去見司空大人，我、我怕。」

「看，又變成膽小鬼了！沒事的，信我。走吧！」曹沖神氣地挺起小胸脯，他拉着小嵐的手，「姐姐，我們看山雞開屏去。」

小嵐也很想親眼看看曹沖怎麼救小管理員，便點了點頭：「好的。」

一行人很快去到偏廳，曹沖叫小管理員留在外面，自己和小嵐還有曉晴曉星進去了。

偏廳裏很熱鬧，除了曹操，另外還有七八個人，他們都在興致勃勃地看着站在廳中間的一隻色彩斑斕的山雞。那隻山雞瞪着圓溜溜的眼睛，和曹操他們對峙着，羽毛收得緊緊的，一副寧死不開屏的樣子。

這時，滿頭大汗的侍衞跑來了，他手裏抱着一面大大的銅鏡，問道：「大人，請問把鏡子放在哪裏？」

曹操說：「就放在山雞對面吧！」

侍衞按吩咐把鏡子放好。

山雞見到銅鏡，歪着頭瞅了瞅，又再瞅了瞅，然後有點激動的樣子，羽毛一張，竟然跳起舞來。

大廳裏頓時一片歡呼聲：「動了動了，跳了跳了！」

「七公子真是天才啊，竟然想到這個方法！」

「七公子厲害！」

曹操哈哈大笑。這時曹沖邁着小短腿跑了過去，窩進曹操懷裏：「父親，沖兒來了！」

「哈哈，小精靈鬼，你怎麼知道山雞看到鏡子就會跳舞的？」曹操摟着兒子，眼裏滿是寵溺和驕傲。

曹沖嘻嘻地笑着，說：「書上說，山雞是一種十分好勝的鳥類，牠看到鏡子裏的自己，以為是另一隻山雞。為了向另一隻山雞示威，所以牠就會張開羽毛，跳起舞，炫耀自己。」

「七公子，厲害厲害！」一片讚歎聲。

曹沖卻小大人似的歎了口氣，抱着小蘋果臉扮憂鬱。

曹操慌忙問：「怎麼啦？誰欺負你了？我替你揍他一頓。」

「老鼠！」曹沖委屈地說。

「老鼠！豈有此理，竟敢欺負我的天才兒子！來人啦，快把老鼠抓來，打他……咦，老鼠？！」曹操突然想起什麼，他眨眨眼睛，說，「啊，你說的是老鼠？」

「是呀，父親你看，牠把我的衣服咬破了。」曹沖忿忿地說。

曹操看了看他衣服上的洞洞，滿不在乎地說：「算了算了，破了就破了，父親給你買件新的。」

曹沖仰起小臉看着父親：「好好的衣服破了，你不怪我嗎？」

曹操摸摸他的小腦袋，說：「咬破衣服的是老鼠，又不是你，我怪你幹什麼？」

曹沖要的就是這句話，他高興地抱住曹操的脖子，說：「父親大人，我真愛死你了！你真是世界上最最最英明偉大、最最最明事理的父親。」

「哈哈哈哈……」曹操開心的笑聲在偏廳迴蕩。

這時，曹沖吹了一下口哨。外面的小管理員聽到了，趕緊跑進來，跪倒在曹操面前，說：「報告司空大人，下官該死！」

曹操正被曹沖拍馬屁拍得開心，便和顏悅色地問小管理員：「什麼事？」

小管理員膽戰心驚地說：「大人，您最喜歡的那個馬鞍，在倉庫裏，被老鼠咬破了。」

曹操大量地揮揮手，說：「算了算了，是老鼠咬的，又不是你咬的，恕你無罪。」

小管理員大喜：「謝謝司空大人，謝謝司空大人！」

曹沖朝父親豎起大拇指：「父親真是個大好人！」

曹沖一邊哄曹操一邊朝小管理員打眼色讓他快走。

小管理員收到暗示，忙對曹操說：「司空大人，下官回去忙了。」

說完急急地跑了，好像後面有狼追似的。

曹操突然想起了什麼，看向門口處，大怒：「啊，是馬鞍破了？！我最喜歡的那個馬鞍？喂，那個小子，你別跑，站住……」

曹沖趕緊把父親的臉扳向跳舞的山雞：「父親大人，快跟沖兒一塊看山雞，哇，好好看哦！」

第十三章

災難悄悄來臨

這天一大早，司空府就人喊馬嘶的，大門口有七八輛馬車等着，還有十幾匹馬，被馬伕牽着，看上去有很多人準備出門。

原來是司空府的公子們準備出城，去西山打獵。

小嵐和曉晴曉星也受邀一起去玩。她本來打算坐馬車的，但一露臉就馬上遭到「哄搶」，那些坐馬車的小傢伙都想跟她坐一輛車，好一路聽故事。

「小嵐姐姐，上我的車！」

「不，上我的車！」

「我要小嵐姐姐跟我坐！」

「跟我坐，跟我坐！」

小嵐的衣服被十幾隻小手拽着，一會兒被拉向左邊，一會兒被拉向右邊，成了拔河的那根繩子了。

幸好曹丕來解圍了：「嘿嘿嘿，你們太沒禮貌了！小嵐姑娘騎馬，不坐車，不許你們再打擾她。」

看來小傢伙們還是挺怕這位哥哥的，雖然心不甘情不願，但還是放了手，小嵐這才脫了身。

曹丕把手裏牽着的一匹馬交給小嵐：「你騎這匹吧！這馬很馴良，女孩子騎正好。」

「謝謝！」小嵐接過韁繩。

自從那天晚上在祠堂見過面之後，曹丕每次見到小嵐都很客氣。

「小嵐姐姐，我跟你騎一匹馬！」一個小不點滾了過來，原來是曹沖。

小嵐不禁頭痛，剛甩掉一羣，又來了一個。她雖然會騎馬，但從沒試過帶人，帶着這個動靜多多的小傢伙，摔下來怎麼辦。

「七弟，你跟我騎一匹！」曹丕不由分說，伸手一撈，就把曹沖抱起來，放到自己那匹大白馬上面。

曹沖嘤嘤嘤地抗議了幾聲，見拗不過哥哥，便只好退而求其次：「小嵐姐姐，我要你和我們一起走。並排走。」

真是個小狡猾，跟小嵐姐姐並排走，想邊走邊聽故事呢！

那邊曉星也分到了一匹小紅馬，正得意着，揮着手給小紅馬打招呼：「嗨，哈囉！我是曉星。」

沒想到小紅馬瞅了他一眼，就抬頭望天，一副愛理不理的樣子。

「喂，小馬哥，給點面子好不好？」曉星不甘心被無視，呲着大白牙，朝小紅馬眼前湊，「看我一眼，就一眼，我可是英俊瀟灑、玉樹臨風的曉星公子哦！」

誰知小紅馬還是臭着臉，瞧也不瞧他一眼。

「喂，別敬酒不吃吃罰酒……」

噗！曉星話沒説完，小紅馬的鼻子猛噴出一股氣，直沖曉星的臉。

「哇！」曉星嚇得往後躲，手裏的馬韁繩也脱了手。

「哈哈哈……」小屁孩曹沖看得開心，不禁哈哈大笑。

「哈哈哈……」一班小傢伙也跟着笑。

小紅馬得意地仰天長叫：「嘶——」

叫完，大搖大擺地走了。

「喂，你真的走呀？」曉星喊道。

小紅馬裝沒聽到，跑進司空府去了。

曉星氣得鼻子弗弗地出氣：「別以為沒了你，我就不行！坐車比坐你更舒服！」

說完怒氣沖沖地鑽進了一輛馬車中。

司空府長長的隊伍走出城門，向西山方向走去。據說到西山的路程要一個時辰，一個時辰即現代的兩小時呢！

小嵐拗不過曹沖，一邊走一邊給他講「猴子故事」，可是其他小公子卻不依了，他們也想聽啊！於是叫着喊着讓車伕把馬車趕到小嵐身邊，他們也要聽故事。結果造成了漢朝末年最嚴重的「大塞車」。

最後還是曹丕發話，曹沖不得「獨霸」小嵐，要聽故事，等到了西山時大家一起聽。曹沖很不高興，嘴巴都撅到天上去了，不過他到底是個聽道理的的小孩，所以最後還是聽從了哥哥的安排。

「塞車事件」解決後，一行車馬繼續前行，沒想到，不一會兒又看到前面路上堵了一大幫人。

「哈哈，又塞車了！」唯恐天下不亂的淘氣小公子們紛紛跳下車，鑽到人羣中瞧熱鬧。

主幹道旁有一條分岔路，從分岔路直入是一個村莊，一隊手拿武器的士兵守在路口，不許任何人進去。而那一大幫人，就是想進村子，因為進不了所以在抗議，看上去羣情洶湧的。

「我們是王村的人，我們要回家，為什麼攔住不許進？」

「是呀，為什麼不許我們回家？」

「你們太野蠻了……」

「兵大哥求求你了，我家三個小孩等我帶東西回去給他們吃呢，他們一定餓壞了，讓我進去吧！」

「我娘病着，我買了藥打算回家給娘煲藥的……」

鬧哄哄的，看上去足有百多人，把大路都堵住了。

曹丕見了不由得大皺眉頭，他喊來一個侍衞，正想叫他去打聽一下發生什麼事，卻見到那條小路有人騎馬跑了出來。

那人軍官打扮，臉部用一塊白布蒙得嚴嚴密密的，只露出一雙眼睛，看上去有點詭異。

「吵什麼吵！」軍官粗聲粗氣地大喝一聲，「你們想死嗎？王村發現了天花！為避免疫情擴散，我們奉命封鎖這條村，不許進不許出。」

「天花？！」小嵐大吃一驚。

腦海裏電光火石般，記起以前看過的一份資料。漢朝時，一羣俘虜從印度再經越南，把天花病毒帶來了中國，引起一場大疫症，死了很多人……

真沒想到，竟讓自己碰上了。

病毒是人類最大的敵人。而在病毒排行中，讓人類最為恐懼的，那就是天花了。

天花是一種傳染性疾病，在醫療技術簡陋的古時候，患上天花簡直就等於宣告了死亡。天花的傳染性極強，只要一個人患上天花，那整個村子的人都會被感染，直到村子變成死城。天花病毒對人體危害極大，嚴重的患者在三到五天的時間內就會死亡。根據歷史資料統計，全世界曾有三億人口死在了天花病毒上。

這時，堵在村口的那羣人哭鬧起來了。

「天哪，我娘在裏面呢！不知道她有沒有染病。」

「我的兒啊，我的心肝寶貝啊，你不能病啊……嗚嗚嗚……」

「我不怕死，讓我進去吧，我爹八十歲了，他不能一個人在家，我得去侍候他！」

「我也不怕！我全家都在裏面，死也死在一塊！讓我進去！」

「我也要進去……」

人們哭着喊着推擠着。

「一個人也不准進去！誰敢前進一步，斬！」那軍官大喝一聲，「士兵們，給我守着，誰敢進去，格殺勿論！」

人們不敢再衝，只是全都放聲大哭。

「天花病蔓延很快，不讓你們進去，是為你們好，別不識好人心。你們放心吧，村子裏的人會得到妥善安排和照顧的。有病的人會隔離開來，沒染病的會讓他們留在安全的地方，不讓他們受感染。你們暫時不能進村，就近投親靠友吧！到疫情得到控制，官府會張貼告示，讓你們回來的。」那軍官還算耐心，説完又提醒村民，「附近的文村和周村，都發現了天花病例，所以大家投靠親友時，一定要先了解情況，不要誤入疫區。」

村民們聽了，不再哭鬧。他們知道官府這樣做是為了不讓更多人患病，要是再吵鬧的話，就是不識抬舉了。

雖然擔心留在村子裏的家人，心內無比焦慮，但人們都聽從軍官的勸說，紛紛散去，各自找臨時棲身的地方去了。

也有一部分實在放心不下家人的，不肯離開。他們不再言語，只是眼巴巴地看着村莊，希望從那一片死寂的房子裏，看到自己安全無恙的親人。

小嵐心裏好難受，這場天花，還不知會奪去多少人的性命呢！她想了想，對曹丕說：「二公子，為安全起見，咱們不要去打獵了，趕快回去吧！」

天花疫症主要經呼吸道黏膜侵入人體，通過飛沫吸入或直接接觸而傳染，傳播很快。王村出現天花，文村和周村也出現天花病例，趕快回司空府是最好選擇。

「好，馬上回去！」曹丕認同小嵐意見。

曹丕這時才發現有弟弟溜了下來，跟那班不知有沒有染病的村民混在一起，嚇得大聲喊來一班司空府侍衞：「趕快把公子們帶回車裏，馬上掉頭，回府！」

一班侍衞像抓犯人一樣，也不管那些不知死的小好奇不肯走，抱起就往馬車上塞。車隊像逃難那樣，匆匆忙忙掉頭回司空府了。

途中碰到了騎馬趕來的司空府大管家和兩名侍衞，大管家一見曹丕，便喊道：「二公子，碰到你們真是太好了！」

大管家滿面通紅，想是跑得急了，氣喘喘的，他又説：「剛接到朝廷通知，多處出現天花病。司空大人和幾位夫人都急死了，大人讓我馬上來通知你們，叫你們馬上返家。」

第十四章

話說天花

大隊人馬折返司空府，離大門口還遠遠的便感到濃濃的緊張氣氛。曹操和夫人們，還有一大羣侍衞、丫環，站在大門口，伸長脖子眺望，見到車隊行來，便都慌忙迎了上去。

「一、二、三、四……」曹操點着兒子們的人數，見到一個不少，這才滿意地點點頭，「沒事就好，沒事就好！」

而他的夫人們就緊張多了，把自己生的孩子拉到身邊，一個個從頭看到尾，差點連頭髮都扒開看看，見到眼睛鼻子嘴巴一樣沒少才放了心。

孩子們並不知道天花的可怕，還為不能去打獵不開心，一個個在自己母親面前撒嬌，身子扭得像麻花似的。夫人們好言好語，應下許多條件，才把他們勸回自己屋子。

小嵐告訴夫人們，最好讓小公子們馬上換下身上

衣物，用熱水洗澡，防止把天花病毒帶回來。

小嵐和曉晴曉星回到了居住的海棠客院，也趕緊叫小丫環燒水，讓他們洗澡，換洗衣服。

曉星想起那些村民恐懼的樣子，問道：「小嵐姐姐，天花真的很可怕嗎？」

小嵐點了點頭，一臉的擔憂：「很可怕。天花又名痘瘡，患者一開始會渾身寒冷、發高燒、全身無力，還有頭痛、四肢及腰背部酸痛，體溫急劇升高時可出現抽搐、昏迷。發病三至四天後出現皮疹，之後發展成皰疹、膿疱。天花來勢兇猛，發展迅速，死亡率高達百分之三十，僥倖沒死的身上臉上也會留下終身存在的凹陷瘡痕，看上去十分恐怖。」

「啊！」曉晴和曉星嚇壞了。

曉晴情不自禁用手捂臉：「我不要我不要！一臉的小坑洞，不就變成丑八怪了嗎。」

曉星也很害怕：「太嚇人了！媽呀，千萬別染上這種病，要不英俊瀟灑玉樹臨風的曉星公子就完蛋了。」

小嵐朝他們扔了兩記眼刀：「災難面前，能保住生命就好了，還那麼多計較！」

曉星憂心忡忡地問道：「小嵐姐姐，天花有辦法治癒嗎？」

小嵐回答說：「在我們生活的年代當然有，但在古時候對天花還真是束手無策。中國歷史上首次成功治癒天花的，有一種說法是唐代名醫孫思邈，他用取自天花口瘡中的膿液，敷在皮膚上用來預防天花。另一種說法說是首例治癒天花發生在宋真宗時代，那時有個叫王旦的宰相，他一連生了幾個子女，不幸都死於天花。待到晚年時他又得了一個兒子，取名王素。王旦擔心這個兒子再得天花，於是找來許多著名醫師，商議防治痘瘡的方法。其中一位四川峨嵋山神醫，用天花患者身上的痘瘡弄成乾粉，吹進王素的鼻孔裏，結果王素一直沒有感染天花。之後中國民間一直有用種人痘方法治天花，一六八八年，俄國還特地派了人來中國學習治天花方法呢！隨後治天花的方法又傳到韓國、日本、英國等國家。」

曉晴想了想，提出疑問：「咦，我怎麼記得好像有一種說法，發明種痘防治天花的是一個英國人，叫……叫什麼華？糟糕，忘了。」

「英國醫生愛德華・詹納。」小嵐說。

曉晴一拍大腿：「對對對，就是這個名字。」

曉星有點糊塗：「啊？那發明治天花方法的，究竟是中國人還是英國人？」

小嵐說：「我想應該是這樣的，中國古人發明的是人痘治天花，英國醫生受了人痘治天花的啟發，發展到了牛痘治天花。人痘疫苗是從天花病人身上取膿物接種給未感染的人們，讓他們產生免疫能力。可是，這種方法存在較大風險，雖然救了很多人，但也讓小部分本來正常的人感染天花而死亡。而牛痘治天花，就是讓牛感染天花病，再用病牛身上的痘瘡製成疫苗，這麼做的好處在於疫苗的來源廣，而且牛痘毒性小，比種植人痘要安全得多。因為這種方法具有較高的安全系數，所以之後人們一直使用這種牛痘疫苗，注射到人的上臂外側，以抵抗天花的侵襲。直到一九八零年五月，世界衞生組織宣布根除天花為止。」

「哦，原來是這樣。」曉星眼睛一亮，「那是不是說，牛痘疫苗可以醫治天花患者？」

小嵐說：「準確地說，是牛痘疫苗可以預防天花病毒，但對那些已經受到感染的病人，就沒有作用了。」

曉晴很興奮：「那也不錯啊，起碼可以防止天花疫症繼續蔓延，保護還沒染上天花的人。」

曉星跳了起來：「那我們還等什麼，趕快去找曹伯伯，告訴他醫治天花的方法。」

「別着急，我們先商量一下。」小嵐一把拉住曉星，讓他坐下，「牛痘疫苗要經過提取，然後注射到人體內，但我們現在沒有相關的儀器設備，所以無法用這種方法。我們只能用最原始的方式，直接在牛的感染瘡口上採集天花病毒，讓沒有病的人感染上，然後產生免疫力。」

「小嵐小嵐，這樣恐怕有問題。」曉晴皺着眉頭，顯得很擔心，「第一，英國人的牛痘法之所以能讓大多數人接愛，是因為已經有中國及其他國家的人痘成功例子。但現在的人對這種方法聞所未聞，恐怕很難接受。故意讓好好的一個人染病，想想都可怕呀！第二，正如你剛才說的，原始的種痘方法並不完美，也有可能讓健康的人染病死亡。萬一有人在接種牛痘後患病，甚至死亡，那我們就成了兇手了。」

小嵐歎了口氣，說：「是呀，我也覺得這事實行起來並不容易，但不管怎樣都要試試。曹伯伯是皇帝之下最有說話權力的人，如果能說服他，事情就成功了一半。」

曉星迫不及待地說：「好，我們馬上去找曹伯伯！」

曉晴拉住他說：「你剛才沒看見嗎，曹伯伯上了一輛馬車出去了。他說要進宮去跟皇帝和其他大臣商量，看如何對付這場天花疫症呢！我還聽見他告訴卞夫人說可能很晚才能回府，不必等他吃飯。」

小嵐說：「好，那我們明天一早再去找曹伯伯吧！」

睡了不安穩的一覺，小嵐首先醒了，曉晴見小嵐翻身，也爬了起來：「唉，我昨晚睡得糟糕透了，做了很多惡夢，其中還夢到我們三個人都染上天花了，臉上長滿痘痘，難看死了！」

小嵐拍了她一下：「自己嚇自己！你如果再睡不好，那臉上就真會長痘痘了。」

兩個人起牀梳洗畢，走到大廳時見到曉星揉着眼睛從外面走進來。一見到兩個姐姐，就訴苦說：「唉，昨晚一直睡不好，老是做惡夢，還夢到我們全都染上天花了，臉上痘痘一顆顆，好難看！」

「喂，誰讓你做跟我一樣的夢！」曉晴是個刁蠻女，晚上睡不好，已經一肚子的不高興，所以沒事找事，對弟弟怒目而視。

曉星瞠目結舌地看着曉晴，果然是如假包換的刁蠻姐姐啊，對付她只能「以暴易暴」、「以蠻鬥蠻」，於是回擊說：「這夢是我剛躺下一會兒就開始做的，肯定是我的夢在前，你的夢在後。我還沒說你抄襲我的夢呢！」

曉晴怒氣沖沖地說：「我躺下幾秒鐘就做了，肯定在你之前！」

曉星不甘心又說：「我躺下一秒鐘就……」

小嵐搖搖頭，也不管那兩個無聊人，自個兒坐下吃早飯了。

曉晴和曉星拌了一會兒嘴，肚子餓了，便你哼了我一聲，我哼了你一聲，掩旗息鼓坐下吃東西。

三個人吃完早飯，便去找曹操，他們在這兒住了一小段日子，知道曹操習慣一大早會去書房看書。

一路上，見到原先熱熱鬧鬧的司空府，變得異常安靜，除了巡邏的侍衛，竟然見不到其他人。要知道，往常總有幾個曹家的公子哥兒爬樹打仗捉迷藏、揍狗攆貓抓小鳥，上躥下跳玩得忘乎所以。

走不多遠碰到侍衛隊長，他朝小嵐三人行了個禮，說：「幾位小姐公子，請你們馬上回到海棠客院，盡量別出來。」

「啊，為什麼？」曉星不解地問。

侍衛隊長說：「半夜裏侍候十公子的丫環發燒了，身上還長了紅疹，曹大人連夜從宮中請了御醫來，確診是天花。」

「有丫環染了天花？！」小嵐和曉晴曉星大吃一驚，異口同聲叫起來。

「是呀！昨天回來時，十公子還和那小丫環同坐一輛車呢！司空大人非常擔心，讓御醫大人留下來，密切留意着公子們的情況。曹大人讓我們告知大家，府中各人沒什麼事不要走出自己住的地方，免得互相傳染。」侍衛大叔說着，看了看小嵐三個人，「所以，你們也別到處走了，回去吧！」

小嵐說：「我們有事找司空大人，他在書房嗎？」

侍衛隊長點點頭說：「在的。我剛剛在大人的院子巡邏，看到他在窗前寫東西。」

小嵐跟侍衛隊長道別，帶着曉晴曉星往書房走去。

離書房還有一段路，便有侍衛攔住去路，說：「司空大人正忙，不想有人打擾。」

小嵐說：「我們有要緊事找司空大人。」

侍衛聽了忙說：「好的，請你們稍等，我去稟告大人。」

不一會兒，侍衛出來了，他說：「請跟我來，司空大人請你們進去。」

小嵐跟在侍衛後面，走到曹操的房門口，聽到曹操喊了一聲：「進來！」三人便走進了書房。

曹操正在書案前埋頭寫着什麼，見小嵐三人進來，才抬起頭，放下筆。小嵐發現，曹操原先很威嚴也有點小帥的臉，此時十分憔悴，眼睛下面有個烏青的大眼袋，好像一夜沒睡的樣子。

曹操打量了一下小嵐他們幾個，問道：「有什麼事找我？」

小嵐上前一步，說：「得知曹伯伯為天花一事焦慮，特地來獻預防天花古方。」

曹操眼睛一亮，急忙問道：「什麼古方，快說來聽聽。」

因為怕曹操追問這方法的來源，小嵐不得不編了個故事：「我和曉晴曉星逃難時，在一座山上碰到一位白鬍子神醫，從他那裏，知道了一個對付天花的方法。」

「真的？！」曹操騰地站了起來，圓睜雙眼，又驚又喜，「真的有對付天花的方法？快說快說！」

小嵐說：「可以找來一些染了天花的牛，在牠們的感染瘡口上採集膿液，然後在人身上割道小傷口，將膿液塗在小傷口上，讓沒有病的人感染上。這樣會讓人身上產生對付天花的抗體，從而有了對天花病毒的免疫能力。」

曹操越聽眉頭皺得越緊，一臉的不可理喻，好一會兒才說：「你是說，防天花的方法，就是讓好端端的人先染上天花？」

小嵐知道曹操一時接受不了，忙解釋說：「染上的只是輕微的天花。為什麼要這樣做呢，就是因為輕微的病毒進入人體後，會激發人的免疫系統產生免疫物質，由此對再次感染起到了預防的作用，減少了感染發病的可能性。」

「免疫系統？免疫物質？這是什麼東西？」曹操對這些現代名詞十分費解，「大凡遇上疫症，人人都會躲得遠遠的，唯恐染上。而按你說的方法，竟然是先讓沒病的人染上天花，這實在太匪夷所思。」

小嵐懇切地說：「既然老神醫這樣說，必定有他的理由。而且老神醫說，他曾經用這種方法讓不少人避過疫症，平安無事。」

曹操搖搖頭，說：「我昨晚跟大臣們，還有太醫院的御醫們，討論怎樣對付這場疫症，商量了一天一夜，但都沒能拿出有效方法。御醫們都是國內最優秀的大夫，要是民間真有這種可行的防治方法，他們肯定會知道，也一定會提出來。他們沒提出來，就證明這方法不可行，或者甚至聞所未聞。依我看，根本就是那個所謂神醫胡言亂語，騙你們小孩子的。」

小嵐着急地說：「曹伯伯，不會的，那位老神醫

絕對不是騙子，他說的是真的。反正現在也沒有別的方法，為什麼不試試呢？萬一可行的話，就救了千千萬萬人了。」

曹操揮揮手，說：「好了，你們回去吧！我急着修改太醫院送上來的疫症應急方案，沒時間跟你們再聊了。我知道你們一片好心，只是你們還小，讓那野醫給騙了。回去吧，別再出來亂逛，保護好自己。去吧去吧！」

曹操說完，又坐回書案前，埋頭寫字。

看樣子沒法說服曹操了，小嵐只好怏怏地拉着曉晴曉星離開了。

一路走着，小嵐想了想，說：「我們總不能什麼也不做，任由疫症蔓延，咱們出去走走，看看情況再想辦法。」

可是，他們在司空府大門口被攔住了，守門的侍衛說，司空大人下了命令，不許府裏任何人出外。如果有違反，就懲罰侍衛。

想到自己強行出府會連累侍衛們，小嵐他們只好回到海棠客院。

第十五章

向豬看齊的曉晴

小嵐和曉晴曉星被困在海棠客院，一連三天都只能呆在房間裏，頂多就是在院子裏踢踢毽子，下下棋。

期間郭嘉來過。從郭嘉嘴裏，知道外面疫症在不斷蔓延，城外多條村都有人染病，很多人流浪在外、無家可歸，很多人被困在村子裏，每天在恐懼中度過。更可怕的是，染病的人越來越多，死的人也越來越多。

城裏因為採取措施比較早，染病個案遠少於城外的村莊，但民心已經十分動盪不安，大部分商舖已經關門，酒樓食肆也冷冷清清，大街上行人寥寥無幾。

雖然官府一再貼安民告示，強調城裏染病的人不多，疫症被控制在一定範圍，但也無法趕走人們心中的恐懼。現在是不多，但如果繼續蔓延呢？要知道這種病是很容易傳染的啊！

司空府的防範措施已經比外面做得好，但情況也不樂觀，除了十公子院裏那小丫環已經發病之外，還有負責打掃的兩名僕人也出現了天花症狀，府裏人人自危。

郭嘉一再叮囑小嵐他們注意防疫，沒事不要離開院子，然後就離開了。郭嘉走後，小嵐爬上了院子裏一棵大樹，看着視野中靜悄悄一片死寂的司空府，心裏有了主意。她砰地從樹上跳了下來，對坐在樹下發呆的曉晴曉星說：「不能再等下去了，明明有辦法，卻只能眼巴巴看着疫情越來越嚴重。我想過了，我得用事實説服曹伯伯。我想出去找患了天花的牛，在牠們身上的痘瘡裏拿到病毒。然後由我來做試驗，把病毒抹到身上，如果我不得病，就能説服曹伯伯。曹伯伯相信了，就會大力推動種牛痘，就能救很多人。」

「不行！不能讓你以身試毒！」曉晴和曉星幾乎同時喊出聲。

這怎麼可以？！古法種牛痘不是百分百成功，要是出了問題怎麼辦？

小嵐嚴肅地説：「我知道你們是為我好。但是，難道我們就什麼也不做，眼睜睜地任由疫症擴散，任由千千萬萬人喪失生命嗎？辦法雖然不盡善盡美，但的確能救人，救得一個是一個。」

曉星點點頭，然後胸脯一挺，堅決地說：「好，我同意。不過，要做試驗，也應該由我來做，我是男孩子，我應該有這樣的擔當。」

曉晴咬咬牙，說：「不，我來吧！我是姐姐，小嵐還比我小呢，我有責任愛護弟弟妹妹！」

看着曉晴和曉星搶着要在自己身上做試驗，小嵐很感動，她也不想再耽誤時間，便打算先安撫好他們，反正到時自己先下手為強，他們也阻止不了。於是小嵐說：「好好好，我答應。不過，我們現在還是抓緊時間，先去找患了天花的牛，取得病毒再說。」

「好，贊成！」曉晴和曉星異口同聲說。

正在這時，聽到門外有人喊：「天下最聰明可愛的沖兒來啦！」

隨着話音，一個小不點跑了進來：「哥哥姐姐好！」

「你怎麼跑出來了？」小嵐皺着眉頭看着小曹沖。

「噓……」曹沖小手指擱在嘴邊，又鬼鬼祟祟地看了看外面，把院子門關上，「我是偷偷跑出來的，這些日子可把我悶死了，我想聽姐姐講故事。」

小嵐眼珠骨碌碌轉了轉，說：「沒問題，等會就講。不過，小沖沖，你先告訴我，這附近哪裏有牛？」

「牛？」小曹沖想了想，「是不是頭上長着兩隻角，眼睛很圓很圓，身體很大很大，尾巴一甩一甩趕小飛蟲的傻大個？」

小傢伙姿勢助說話，用小胖手在頭上比喻牛角，又把眼睛瞪得大大的表示牛眼睛，然後小屁股一扭一扭模仿牛甩尾巴。

「嗯嗯嗯！」小嵐伸出大拇指表示全對，又問，「快告訴姐姐，哪裏有這種傻大個？」

「我想想看！」曹沖扳着小手指，一邊回憶一邊說，「我家沒有，玉妹妹家沒有，雲姐姐家也沒有，海哥哥家沒有，龍伯伯家沒有，王爺爺家也沒有……」

「好啦好啦，你只需告訴我哪裏有就行。」見小曹沖扳着指頭大有一直數下去的意思，小嵐趕緊打斷他。

「哦。」小曹沖又扳指頭，「我在董叔叔家的農莊裏見過兩隻，在司徒伯伯家的農莊裏見過一隻，在洪大哥家的農莊裏見過兩隻……噢，小嵐姐姐，洪大哥家有兩隻牛病了，身上長了好多膿瘡，好可憐啊！」

「膿瘡？」小嵐一聽腦海裏便湧出「天花」兩個字，急忙追問道，「洪大哥家的莊子在哪裏？」

「在……」曹沖用小手指在頭上篤篤篤敲了幾下，「在我們家大門口往左轉，坐馬車半個時辰就到。」

曹沖説完，又抱住小嵐：「姐姐，講故事！」

這時院子外面有人喊道：「小嵐姑娘，請問七公子在不在？」

曹沖一聽慌忙説：「説我不在。」然後就蹬蹬蹬跑進了小嵐的房間，躲了起來。

曉星跑去開了門。門外站着曹沖的兩名丫環，一個圓圓臉，一個尖尖臉，她們都急得快哭了。圓臉丫環説：「曉星公子，七公子來了你們這裏吧，請叫他出來好嗎？司空大人說過不讓出院門的，七公子偷跑出來，如果司空大人知道，我們會挨打的。」

尖臉丫環在旁邊猛點頭：「是呀是呀，麻煩你請七公子出來，跟我們回去。」

小嵐不想讓小丫環難做，就大聲喊道：「小沖沖，別躲了，趕快出來吧！你也不想讓兩個丫環姐姐被懲罰是不是？」

「出來就出來嘛，想來聽故事也不行，真令人煩惱！」曹沖嘀嘀咕咕的，一臉的不情願。不過他是個善良孩子，不想讓照顧他的人受罰，所以還是乖乖地走出來了。

曹沖一走，小嵐又拉着曉晴曉星商量出府找牛的事。

曉星撓撓頭，說：「大門口有侍衛守着呢，咱們出不去，怎麼辦？」

小嵐說：「我剛才在樹上觀察過，出了海棠客院，往左走四五十米就是圍牆，翻過圍牆，就出了司空府了。」

曉晴撅起嘴，為難地說：「那圍牆呀，有兩米多高呢！我這麼淑女的人，怎麼爬得上去。」

小嵐瞪了她一眼：「想辦法就行。圍牆旁邊有棵大樹，我們可以先爬到樹上，然後再跳到外面去。」

曉晴眨眨眼睛：「我不會爬樹啊！」

「唉，女孩子就是麻煩！」曉星不耐煩地說，「可以這樣嘛，等會我和小嵐姐姐先爬上樹，然後用繩子，把你像豬一樣拉上樹……」

曉晴生氣地要打曉星：「說話好聽一點好不好！像豬一樣拉上樹，我有哪一點像豬！」

曉星趕緊避過姐姐的拳頭，扮個鬼臉說：「你不知道嗎？你越來越胖了，有向豬看齊的趨向。」

曉晴氣得跳了起來：「你才向豬看齊！」

「喂喂喂，別鬧了！」小嵐沒好氣地看着這對撈亂骨頭的姐弟，「咱們趕快出去找病牛，時間不等人。」

「哦！」曉晴曉星乖乖地答應着。

第十六章

怕你被牛欺負

曉晴果然是被曉星和小嵐像拉死豬一樣拉上樹，又像扔死豬一樣被扔到圍牆外面的。幸虧圍牆外面堆着一大堆乾草，要不曉晴很有可能成為「死豬」。

「出了大門往左拐……」小嵐站在圍牆外面看了看方位，指着一個方向說，「嘿，那就是小曹沖說的洪大哥家農莊的方向。」

「哪裏有馬車呢？」曉星東張西望，路上別說是馬車，連個人影都沒有。

小嵐朝路上看了看，說：「總不能在這裏瞎等，沒車我們就走着去。」

曉晴苦着臉說：「不行，我不能走路了，誰叫你們剛才把我扔地上了，屁屁還痛着呢！」

正說着，忽然聽到沙沙沙的車輪滾動聲，哈，真是太幸運了，大路那頭不就來了一輛馬車嗎。小嵐趕緊拉着曉晴曉星跑到路中間，揮手叫停。

趕車的是一個壯實的中年大叔，見到有人攔車，慌忙「吁」地喊了一聲，勒住馬韁繩，把馬車停了下來。

「大叔，載我們一段路好嗎？」曉星笑得一臉乖巧的對趕車大叔說。

趕車大叔看看是三個未成年的孩子，就說：「上來吧！」

「謝謝大叔！」三個人高高興興地上了車。

趕車大叔問道：「現在天花流行，你們幾個小孩怎麼還到處走，好多村子都有人染病呢！我是因為被主人派去買糧食，才出來的。」

小嵐說：「我們有要緊事。大叔，你知道有個農莊，莊主是姓洪的嗎？」

「洪家農莊？」趕車大叔想了想，「有啊，那莊子裏養了很多豬和牛，我之前曾經送主人去過那裏，主人還向他們買了一頭豬呢！」

小嵐三個人互相交換了一下驚喜的目光，沒想到這麼順利就打聽到洪家農莊的具體位置。

曉星大聲說：「大叔，你可以送我們去洪家農莊嗎？」

趕車大叔很爽快：「可以。我去買糧食就經過那裏，大叔就送你們一程。」

「謝謝大叔！」大家都異口同聲感謝好心的大叔。

一路上，碰到一羣羣逃難的人，他們拖兒帶女的，都是想遠離疫區，投靠別處親友，免得染上天花的。大人叫，孩子哭，混亂非常。小嵐幾個人見了，心裏難受得不要不要的。

馬車在路上走了大約半個時辰，趕車大叔大喊一聲「吁——」，把馬喊停了。大叔用馬鞭指指旁邊一條小路，說：「你們順着這條小路上去，就是洪家農莊。」

「謝謝大叔！」

和大叔告別後，小嵐三個人沿着那條彎彎曲曲的小路，往上走去，走不多遠，就到了洪家農莊。

走近時，發現被一道長長的圍牆環繞着的農莊靜悄悄的，大門也關得緊緊的。

三個人環繞着圍牆走了一圈，沒見到人，也沒聽到裏面有聲音。小嵐走着走着停住了，她看了看牆腳一個土堆，說：「我試試從這裏上去，看能不能翻到圍牆裏面。」

說完她退後十幾步，然後起跑，跑上土堆。她靈巧地伸手抓住圍牆頂部，使勁一撐，雙腿往上一縮，整個人就站到了圍牆上。

「小嵐姐姐好身手！」曉星高興得拍起手來。

「噓……」小嵐提醒曉星別出聲，然後撥開前面一些樹枝，朝農莊裏看了看，說，「沒有人。你們上來吧！」

小嵐對曉星說：「你蹲下，讓曉晴站你肩膀上，我再將她拉上來。」

曉星滿臉嫌棄地看了看曉晴，無奈地蹲了下去。曉晴雙手扒着牆身，猛地站到他肩膀上。曉星哇了一聲：「姐姐，你真要減肥了，你好重！」

曉晴最不高興別人說她胖說她重，氣狠狠地地說：「再說我一腳踹死你！」

曉星身子故意抖啊抖的，說：「踹呀，踹呀！我支撐不住，遭殃的是你。」

曉晴到底沒敢踹曉星，罵罵咧咧地，伸手讓小嵐把自己拉上去了。

很快，小嵐也把曉星拉上了牆頭。

看看還是沒有人出現，小嵐帶頭，三個人跳下了圍牆。

沒想到這時候卻聽到有腳步聲傳來，幸好牆根下那棵樹的樹幹很粗大，三人趕緊藏到樹後面。

只見兩個頭髮花白的老伯伯走了過來，一個說：「我明明聽到有聲音，怎麼沒有人？」

另一個說：「那是你自己耳朵有毛病，所以疑神疑鬼的。我們莊子的牛得了天花，主人們都跑得遠遠的，只留下我們兩個看莊子。天花那麼可怕，有誰敢來呀？」

之前說話的那個說：「你耳朵才有毛病！我明明是聽到聲音的。是你老眼昏花，沒看到有人吧！主人說了，要是讓人跑了進來，就扣我們一年的工錢。」

另一個又說：「看，這不是鬼影也沒一個嗎？走吧走吧，我們還是回去守着大門好了。」

兩個老人鬥着嘴，嘮嘮叨叨地走了。

看看兩位老人家慢慢走遠，曉星拍拍身上的塵土，帶頭從樹後面走了出來，得意地說：「哈哈，看來連老天爺爺都在幫我們。你們看，一開始就順利地攔到馬車，接着就順利地來到洪家農莊，哈哈，沒想到洪家農莊裏只留下兩個眼又矇耳又聾的老人家，那我們就是橫着走也沒問題了。」

小嵐看了看周圍環境，說：「這農莊挺大的，要找到牛欄還得費點時間。趕快做事吧！」

三個人在農莊裏走了一圈，後來還是聽到牛叫聲，才找到了用木柵欄圍着的牛欄。

「別走那麼近。」小嵐攔住曉晴和曉星，又指指不遠處一片草地，「你們拔些草來。」

曉晴曉星拔了草回來，見到小嵐已經戴上自製的口罩和手套，正在把一件長袍套在身上。

曉星看了看牛欄裏的兩隻牛，說：「小嵐姐姐，我也跟你進牛欄去，免得你被牛欺負了。」

「不用，我就做了一套防護裝備。」小嵐說，「你們在外面等着，我一個人行了。」

「小嵐，那你小心。」曉晴知道小嵐個性，決定的事絕不會改。

「行，沒事的。」小嵐邊說邊抱起一把青草，往牛欄走去。

牛欄裏有兩頭牛，牠們無精打采的耷拉着腦袋，尾巴時不時甩幾下，驅趕着那些叮在身上的小飛蟲。見到有人走近，牠們一雙大大的牛眼瞅了瞅，又懶洋洋地低下头。牠們的腳上、胸前長了很多痘瘡，都已經化了膿，黃黃的，無疑是患了天花。

「難看死了！」小嵐覺得挺噁心的。

小嵐不管膽子多麼大，但始終是個愛美愛乾淨的女孩子，見到這樣的情景，也想離得遠遠的。只是為了撲滅天花，硬着頭皮也得上了。

她努力讓自己的手不發抖，拉開牛欄的門，走了進去。其中一頭牛見了，哞地叫了一聲，把她嚇了一跳。警惕地看了看那兩頭牛，發現牠們只是定定地看着她手裏的草，才放了心。

「小心！」曉晴和曉星聽到牛叫，都嚇了一跳，不約而同叫道。

「沒事！」小嵐把手裏的青草扔向兩頭牛。牛見到青草，便低下頭吃了起來。

小嵐拿出事先準備好的一個瓶子，還有一根竹片，趁着牛低下頭吃草，她悄悄地走近了其中一頭牛。

牛身上的膿瘡好噁心啊，小嵐不敢細看，她屏住呼吸，用竹片飛快地從膿瘡上刮下一點黃黃的東西，放進瓶子裏，又小心地把瓶子蓋好，然後快步走出了牛欄。

小嵐轉身把木欄柵門關上，又再朝前面跑了十幾步，這才停了下來，大口大口地呼氣、吸氣。啊，差點憋死了！

「小嵐姐姐！」曉星跑過來。

「離我遠點！」小嵐制止曉星跑近。

她脫下口罩和手套、外袍，用小刀在泥地上挖了洞埋了進去，又從井裏打上來一桶水，把自己的手和臉，反正是露出來的地方都洗了好多遍，才又拿出一塊布，把裝有膿瘡液的瓶子包了一層又一層，然後揣在身上。

她走向曉晴曉星：「成功了，咱們走吧！」

「耶！」三人擊掌慶祝。

三人又爬牆出了農莊，在路邊等了一會兒，根本沒有車子路過，只好走着回司空府。一路上，曉晴仍心有餘悸：「小嵐，我真是太佩服太佩服你了，這樣噁心的事情都敢做。」

曉晴這麼一提起，小嵐不由得想起病牛身上的膿瘡和臭氣，喉嚨發悶，差點吐了出來。

回到司空府後，小嵐第一件事就是叫丫環燒了很多開水，他們三個人都洗了個熱水澡，身上衣服全部用開水消毒過。

不怕一萬，就怕萬一，千萬別把病毒帶回司空府了。

第十七章

想念炸雞和漢堡包

天花疫症蔓延，已遍布多個城市村莊，隨着感染的人數和死亡的人數增多，整個中原大地一片恐慌。還有一些壞人趁機擾亂社會，不良商人抬高物價發橫財……造成整個社會秩序混亂、一片蕭條。

這天曹操上朝，聽了大臣們報告的許多不利消息，又和大臣們商討了半天，但仍未商量出對付天花的方法，只好悶悶不樂地回府了。

剛坐下不久，侍衞來報：「大人，小嵐姑娘他們要見您。」

曹操用手按按發痛的太陽穴，心裏正煩惱，本不想見，但想想他們是自己寶貝兒子的救命恩人，不可以怠慢，便說：「讓他們進來吧。」

小嵐和曉晴曉星走了進來，三人朝曹操行禮。

曹操一臉疲憊，有點心不在焉地問道：「有什麼事嗎？」

小嵐說：「曹伯伯，聞得天花疫情嚴重，我想防治一事決不能再拖延了。再次懇請伯伯採納牛痘防治天花方法，以免越來越多人染病。」

曹操搖搖頭：「你說的方法不可行，我怕會讓更多人染病。」

「曹伯伯，剛才我們已經偷偷出府，拿到了病牛身上帶有天花病毒的痘瘡膿液，只要試試，就知道是不是有作用。」小嵐從衣袋裏拿出瓶子，說，「曹伯伯，我願意在自己身上試驗，把牛痘病毒抹在身上傷口，以供觀察。如果我沒有事，請曹伯伯將這方法推廣開去，以救萬民！」

曉星上前一步，站到小嵐身邊，說：「我也願意在自己身上試驗！」

曉晴本來極之害怕那些黃黃的膿液，但見到小嵐和曉星都這麼堅決，鼓了鼓勇氣，也站到小嵐身邊：「還有我！」

「你們……」曹操吃驚地看着面前三個孩子，心裏掀起滔天巨浪。

自己好好的卻不惜染上致命疫病，只為了救治那些素不相識的人，這可不是很多人能做到的，何況他們還是未成年的孩子呢！

牛痘防治法匪夷所思，曹操絕不認同，更不會在全國推廣，但此時此刻，他動搖了。目光從小嵐身上，轉到曉星身上，又從曉星身上，落到曉晴身上，飄忽的眼神，透露出他心裏的糾結。

小嵐不想他再猶豫下去說：「救災如救火，曹伯伯，請您為我們的試驗作證。」

她把瓶子放在案桌上，又拿出一把小刀，然後咬

了咬牙，就向手上劃去。

「住手！」曹操大喊一聲，一把握住小嵐拿刀的手，他一臉怒氣，「要試驗，也不能讓你們小孩子來試！」

他從小嵐手裏拿過刀子，扔到地上。

「把瓶子給我。」曹操伸出手。

「哦。」小嵐乖乖地把瓶子遞了過去。

曹操說：「你們先回海棠客院，這事由我來處理。我會找幾個死囚，在他們身上試驗。」

曹操盤算過了，死囚是犯了死罪的人，拿他們作試驗，萬一失敗了，也只是死了幾個該死的人。如果不死的話，就赦免他們吧，算是為抗擊天花作出了貢獻，將功贖罪。

「曹伯伯，謝謝您相信我們。我替天下萬民謝謝你！」小嵐朝曹操鞠了個躬。

「試驗過程會有什麼情況出現？」曹操問，「怎樣才算是成功？」

「種上病毒後，會有發燒、頭暈、身上長紅點等反應，跟患了天花的症狀一樣，但程度遠比天花患者輕，而且不會致命。幾日後症狀全消，那時試驗者身上便有了天花抗體，這一輩子再也不會染上天花了。」小嵐詳細告訴曹操。

「嗯，我馬上找人做試驗。你們先回去吧！」

曹操看着他們的背影，嘀咕着：「用病毒來防毒，真是天方夜談。唉，我怎麼就答應了這幾個小傢伙呢！這事得悄悄進行，要是不成功，我會被罵死的。」

這時小嵐突然轉身，把曹操嚇了一跳。小嵐說：「曹伯伯，我還有個提議。」

「什麼提議？」曹操一臉的警惕，心想這小傢伙別又生出其他什麼古怪想法吧！

小嵐說：「我聽神醫伯伯說，民間有位名叫華佗的大夫，醫術很了不起。曹伯伯能不能派人找到他，看看他有沒有辦法醫治已經患了天花的病人。」

曹操想了想，說：「華佗？這人名字我也聽過。好的，我馬上派人去找。」

「謝謝曹伯伯。」小嵐轉身，拉着曉晴曉星走出了曹操的書房。

身後，聽到曹操大喊：「來人！」

一名侍衛恭恭敬敬地問道：「司空大人，有什麼吩咐？」

曹操說：「幫我把大牢主管請來。」

侍衛說：「是，大人！」

小嵐鬆了口氣，牛痘防治天花一事，這回終於見了曙光。

終於說服了曹操，大家都心情大好。只希望做試驗的事順順利利，那就有希望撲滅這場要命的天花了。

要是尋找神醫華佗的事也順利，就更理想了。

「小嵐姐姐，我知道你是借着治天花的名義，讓曹伯伯尋找神醫華佗，好讓他將來救小曹沖的吧！」曉星以一副「我好聰明，誇我吧」的樣子，笑嘻嘻地說。

「不止。」小嵐得意地說，「找到華佗，好處可多了。第一，神醫華佗是中國歷史上數一數二的名醫，撲滅天花這場戰鬥，有了神醫華佗，一定能救活更多人。第二，歷史上神醫華佗是被曹操殺的，我要讓華佗在這次撲滅天花的行動中立功，那將來華佗不管是因為什麼原因得罪了曹伯伯，曹伯伯也得看在他立了大功的份上，不會殺他。那這位中國歷史著名的神醫就不會枉死了。第三，這點你猜對了，就是想製造機會，請神醫華佗和曹操父子認識，建立良好關係，如果能成為朋友就更好。那曹沖日後一旦生病，得到華佗醫治的機會就會大增。」

「小嵐姐姐厲害！」曉星笑嘻嘻地豎起大拇指，說，「如果能儘快撲滅這場疫症，又順利委託華佗照看小曹沖，那我們來這裏一趟就很完滿了，可以回家了。」

曉星說着咂咂嘴巴，口水快流出來的樣子：「好想念我的炸雞和漢堡包啊！為什麼這年代就沒有這些東西呢！」

第十八章

遇見神醫華佗

「怎麼曹伯伯還沒有好消息傳來。」小嵐在花園裏一邊走一邊嘀咕着。

這幾天小嵐哪裏都不敢去，一直呆在海棠客院裏。畢竟接觸過病牛，雖然過程很小心，回來後又消過毒，染上病毒可能性很少，但小嵐仍然很謹慎。

現在離接觸病牛的時間已超過五天，已可以肯定自己沒有感染天花病毒，於是小嵐再也憋不住，和曉晴曉星悄悄地從海棠客院跑了出來，在司空府裏閒逛。

「沒有消息就是好消息，一切會好起來的。」曉晴心情很好，她對小嵐做的事一向都是信心滿滿的。

「來了這古代一趟，救了很多很多的人，哇，救死扶傷，我們太偉大了！」曉星春風滿臉的。小嵐姐姐說牛痘可以防治天花就一定可以，他一點沒有懷疑過。

沒收到正式消息之前，小嵐心裏到底還有點忐忑，想了想又說：「不知道曹伯伯有沒找到華佗神

醫。如果華佗在，天花一定會更快遠離我們。」

曉晴見小嵐很看重華佗，便問道：「華佗的故事我知道得不多，他真的很厲害嗎？」

小嵐點點頭說：「當然。中國古代十大名醫，華佗排第二位，你說他是不是很厲害。」

「小嵐姐姐，我想聽華佗的故事！」小嵐走着走着發現自己走不動了，原來被人抱住了雙腿。

「小沖沖！怎麼又偷跑出來了，小沖沖不乖。」曉星說。

「你不也跑了出來嗎？你也不乖！」曹沖振振有辭。

「呃！」曉星傻了。

「哈哈哈……」見到一向伶牙利齒的曉星，被五歲小屁孩噎得沒話可說，小嵐和曉晴忍不住大笑起來。

曹沖呲着小白牙，挺着小胸脯，得意洋洋地笑着。又拉着小嵐：「講故事講故事！」

小嵐看着小曹沖，眼睛轉轉，計上心來，好吧，那就未雨綢繆，先讓小曹沖成為華佗的Fans吧。便說：「好好好，我就跟你講講神醫華佗的故事。」

一行人坐在小樹林中那片綠茵茵的草地上。

小嵐說：「華佗醫術高明，治好過無數人。他跟其他大夫不同的地方，是有時根本不用吃藥就能治好病人。」

「哇，好厲害！治病不用吃藥，那太好了，我以後生病了也要找華佗治，我最怕吃苦藥了。」曹沖眼睛一亮。

小嵐朝他豎起大拇指，鼓勵地說：「小沖沖真聰明！你千萬要記住，以後生病了，就找華佗神醫。」

「嗯嗯嗯！」曹沖使勁點頭。

「真乖！」小嵐滿意地點點頭，真沒想到，自己一下子就讓曹沖成了華佗的小迷弟。

小嵐繼續講着：「究竟華佗是怎樣不用藥就把病人治好的呢？話說有一次，有個大官得了重病，找來華佗醫治。華陀經過對病人望、聞、問、切之後，悄悄跟大官的兒子說了一會兒話，也沒有留下藥方就走了。大官以為華佗嫌診金少，便讓人送了很多貴重禮物給華佗。沒想到華佗收了禮，不但不給開藥方，還回了一封信，信裏針對大官身上的缺點，把大官辱罵了一頓，把大官氣得吐血了，血全是黑色的。但令人沒想到的是，之後大官的身體反而漸漸好了。這時，大官的兒子才對父親說出真相。原來，華佗來看病那天，跟大官的兒子說：『你父親身體裏積了很多淤血，得想辦法讓他大發雷霆，吐出淤血，病才會好。』大官的兒子十分煩惱：『這事好難啊！』華佗說：『不難。你把你父親的缺點告訴我，我給他寫封信，針對他的缺點大罵他一頓。他肯定很生氣，這一生氣，就會將淤血吐出來。』大官的兒子半信半疑，但沒其他辦法也只好照做了，沒想到這方法真的把大官的病治好了。大官和他的家人知道事情真相後，感慨萬分，無不讚歎華佗醫術高明。」

「哇，真是神醫啊！」小曹沖對華佗佩服得簡直五體投地。

「好聽，再講，再講！」曹沖拉着小嵐的手，撒着嬌。

「好好好，再講一個。」小嵐接着說，「華佗治病，不墨守成規，而是根據病人的不同情況，去對症下藥。有一次，有一個姓倪的病人和一個姓李的病人，都是因為頭痛發熱找華佗治病。華佗給姓倪的病人吃瀉藥，卻給姓李的病人吃發汗藥。別人問他這是什麼道理，華佗回答說，姓倪的病人是『傷食』，即因為飲食過量、生冷不均、雜食相克而導致食物滯納在胃，不能消化致使脾胃功能減退而出現腹脹腹痛，吞吐不適的病症；而姓李的病人是『外感』，因為外來的刺激，感受風寒等導致的疾病，所以治法不能一樣。而事實證明，華佗用不同的醫治方法，把兩名病人都治好了……」

小嵐正說着，突然聽到什麼地方傳來「哼」的一聲。

正聽得入迷的曹沖和曉晴曉星也聽到了。曉星站了起來，大聲說：「誰？」

但放眼附近，卻一個人都沒有。

是聽錯了？但沒理由四個人全聽錯。孩子們面面相覷。

這時，又聽到一聲：「哼哼。」

咦，聲音發自頭頂！曹沖小孩子眼睛最尖，他指着離他們五六米遠的一棵樹，喊了一聲：「樹上有人！」

「哼哼哼。」隨着幾下哼哼，那棵樹上跳下來一個人。

竟然是一個五十多歲的鬍子伯伯。不過他從樹上跳下來時，那敏捷的身手，真不像一個老人。

「你是誰？」曉星擺出李小龍的功夫動作，警惕地盯着鬍子伯伯。

「我是這裏的客人。」

「我們在講神醫華佗的故事，你哼哼是什麼意思？不許你對神醫不敬！」曉星已經把華佗視為超級偶像了，他不允許有人表現出輕蔑。

「敬與不敬是我自己的事，跟你小娃娃有什麼關係？」鬍子伯伯用手摸摸鬍子，不慌不忙地說。

「華佗救治萬民，人人都要尊敬他。對於不尊敬他的人，我跟他沒完！」曉星氣呼呼地說。

「曉星，不可對老人家沒禮貌。」小嵐對曉星說完，又向鬍子伯伯道歉，「小孩子不懂事，請原諒。」

其實，小嵐覺得自己已經猜到這位伯伯的身份了。

鬍子伯伯對曉星說：「臭小子，看看人家女孩

子，多有禮貌。」

曉星不服氣，還想說什麼，被小嵐狠狠瞪了一眼。

小嵐向鬍子伯伯鞠了一躬，說：「不知可不可以喊您一聲華佗伯伯？」

「啊！」鬍子伯伯愣了愣，然後摸摸鬍子，說，「你怎麼知道的？」

小嵐得意地說：「猜的。」

曉星在旁邊早傻了：「啊？您就是神醫華佗？」

伯伯哈哈大笑：「沒錯，我是華佗。今天剛剛來到都城行醫，在城門口就被人攔住了，說是曹司空大人有請，就把我送到了司空府。司空大人外出還沒回來，我等得無聊來花園閒逛，沒想到聽到你在講我的事。」

曉星拉着華佗的手：「原來您真是神醫伯伯，伯伯，對不起，我剛才不知是您。」

華佗笑呵呵地說：「沒事，剛才逗你們呢！」

「神醫伯伯，您好啊，我是曹沖。」曹沖抱住華佗的大腿，仰着頭笑瞇瞇地望着華佗。

「曹沖？哦，你就是那個稱象的小神童曹沖

呀！」華佗高興地說。

「是的是的。嘻嘻。」曹沖興奮得翹了翹小尾巴，又說，「伯伯，我喜歡您，我們做朋友吧！」

「呵呵，為什麼這樣想跟我交朋友呀？」

「因為找您看病不用喝苦苦的藥呀，我最怕喝苦藥了。」曹沖的小臉馬上皺成一團，大概是想起了喝過的苦藥，「我想以後生病都請您來治。可以嗎？」

「好好好，我就跟你做朋友，以後負責替你治病。」華佗笑得很慈祥，顯然他很喜歡這個可愛的小神童。

小嵐也很開心，她終於讓華佗和曹沖接上關係了，有了曹沖的友誼，曹操要殺華佗也得手下留情，而有了華佗，曹沖就不用在將來那場大病中夭折了。

這時候，見到有一班人急急忙忙朝這邊走來，帶頭的好像是曹操。

曹沖嚇得趕緊躲到小嵐後面：「不好了，父親來抓我了！他們是怎麼發現我不在房間裏睡覺的呢？我用衣服在被子裏做了有人的樣子，他們是怎樣看出來的呢？」

第十九章

是誰獻出了天花藥方

「成功了，成功了！」曹操遠遠就大喊起來。

「曹伯伯，牛痘試驗成功了？」小嵐一聽大喜。

曹操走近時，朝小嵐作了一揖，喜氣洋洋地說：「小嵐姑娘，你立大功了！我們找了兩個死囚，在他們手上割了個小傷口，塗上牛痘的膿液。除了第一二天他們有發低燒，之後就沒事人一樣了，我又把他們帶去疫情最嚴重的王村，讓他們跟天花病人住在一起，過了兩天，他們仍龍精虎猛的。我已經讓太醫署全面推行種牛痘預防染天花，相信疫情可以很快被控制。」

「什麼？！你們說什麼？找到防天花的方法了？」華佗在一旁大喊一聲，雙眼睜得圓溜溜的。

曹操嚇了一跳，這才發現有個陌生人：「你是……」

跟着曹操的侍衛隊長忙說：「司空大人，這位就是您讓我們尋找的神醫華佗，今天守城門的士兵發現他之後，就把他送來了。」

華佗聽見面前的就是曹司空曹大人，急忙行禮，接着又着急地問道：「剛才聽大人説已經找到防天花的方法，不知是不是真的？」

曹操大笑說：「當然是真的。今天真是雙喜臨門啊，試驗成功了，又找到了你這位神醫，相信天花病不日便會被消滅。」

「怎麼回事？用的是什麼方法？」華佗迫不及待追問曹操。

曹操朝後面一位中年人招招手，說：「太醫令，你給華神醫介紹一下有關情況。」

「是，大人。」太醫令曹操拱拱手，然後把有關用牛痘在死囚身上的試驗告訴了華佗。

華佗聽了，高興得像個小孩子似的，一邊拍手一邊說：「太好了，真是太好了，司空大人，沒想到天花這麼難治的病，也被你找到預防方法，大人真是功德無量、造福萬民啊！請受草民一拜！」

華佗說着，就要朝曹操下跪，曹操緊緊扶住他，

說：「神醫謝錯人了。告訴我這個方法的，是小嵐姑娘。」

「哦，那我就拜小嵐姑娘。」華佗轉身朝小嵐又想跪。

「噢噢噢！」小嵐嚇得趕緊跑開，「不是我，不是我，這方法是聽一位白鬍子神醫說的。」

華佗急忙問：「哪裏的神醫？叫什麼名字？我得找他去學本領。」

小嵐搖搖頭說：「我們是在逃難途中碰到他的。他沒留下名字。」

華佗十分惋惜：「那太可惜了。」

曹沖見華佗惋惜得捶胸頓足的，忙從小嵐後面露出小腦袋，安慰說：「華佗伯伯，您不必惋惜，您已經是大神醫了，不用再學了。」

曹操這才發現了曹沖，不由得圓睜雙眼，作出一副兇惡樣子：「臭小子，怎麼又跑出來了，趕快回去！」

「嘻嘻，嘻嘻，沖兒最喜歡父親了，父親別生氣哦！」曹沖跑過去抱住曹操大腿，嘻皮笑臉的。

「臭小子，別以為我不知道。昨天，你還跑去小十的院子門口，探頭探腦的。小十的丫環患了天花，會傳染的，你太不聽話了。」曹操說着生氣地朝曹沖後腦勺拍了一下。

「嚶嚶嚶……父親幹嘛打我頭，我可是全天下最聰明可愛的小公子啊，打傻了怎麼辦！」曹沖捂着腦袋，一臉埋怨地看着父親。

「你……」曹操看着古靈精怪的兒子，哭笑不得。

「哈哈哈哈……」華佗在一旁不眨眼地盯着曹沖看，笑得合不攏嘴。

小嵐和曉晴曉星喜滋滋地交換眼色，老神醫愛上小Fans，以後小Fans生病再也不用擔心了。

接下來，就要看華佗怎樣在這場撲滅天花的行動中立大功了。

太醫令見到曹操兩父子大眼看小眼的，忙去解圍，對曹操說：「司空大人，等會有人來司空府，給府上人等接種牛痘，請您安排一下。」

曹操皺皺眉頭，說：「太醫署人手不多，還是讓他們先去疫症最嚴重的地方接種吧，我這裏可慢一步。」

太醫令說：「我們已經發動了所有民間大夫一起參與，人手足夠。而且司空大人府上發現天花病人，這種情況我們是優先處理的。」

「發動民間大夫？做得好！」曹操點點頭，接着又說，「那好，我馬上安排人手，配合你們。」

這時華佗朝曹操了一揖，說：「司空大人，我想參與太醫署的行動，到天花患者最多的地方去，一來學習牛痘接種的方法，二來看看患者情況，看能不能幫助他們。」

曹操點點頭說：「好，我正有此意。生痘接種只能預防不能治病，上萬名已受到感染的天花病人，就拜託華大夫想辦法救他們一命了。」

華佗又朝曹操作了一揖，說：「我會盡力，希望不負司空大人所託。」

曹操匆匆走了，對這場疫症，他還有很多事要安排。華佗留下來等太醫署的人，跟他們一起替司空府的人接種牛痘，然後再跟着去另一個疫區。

趁着太醫令跟華佗說着什麼，小嵐悄悄地拿出一

張紙，交給曉星，又在他耳邊吩咐了幾句。

曉星「嗯」了一聲，然後走到華佗身邊，煞有介事地指着天上大聲說：「嘩，你們快看，那是什麼？！」

在場的人聽了，以為天上有什麼特別的東西，都抬頭仰望。曉星趁機把小嵐給他的那張紙，塞到了華佗身上挎着的布袋裏。

等到人們發現天上什麼也沒有，全都狐疑地看向曉星時，曉星裝模作樣的比劃着：「鳥，一隻好大好大的鳥，呼一聲飛過了！」

「嗤！」曉星收到了許多白眼。

晚上，勞累了一天的華佗回到司空府，在曹操特意安排給他的小院裏休息。想起白天見到的許多天花患者，因為沒法醫治而奄奄一息，想起曹操的囑託，他怎麼也睡不着。於是起了牀，點亮小油燈，從布袋取出過往的行醫記錄，希望能找到治天花的辦法。

布袋裏掉出了一張紙。華佗撿起一看，不禁有點奇怪，這不是自己的東西，怎麼會在自己的布袋裏呢？

華佗細看起來，只見上面寫着十多種中藥名稱，像是一個中藥處方——穿山甲、防風、赤芍、白芷、當歸尾、天花粉、金銀花、甘草、陳皮……

華佗越看眼睛睜得越圓，待看完最後一味藥，竟情不自禁大叫一聲：「好方，好方！」

真是山窮水盡疑無路，柳暗花明又一村啊，自己冥思苦想、絞盡腦汁而拿不出來的治天花處方，竟然就在眼前。這藥方配搭合理，同時抗炎、解熱、鎮痛，簡直是治天花的不二選擇！華佗迫不及待地拿起筆，細細斟酌，在每種中藥後面添上了合適的藥量，一個完美的治天花良方在他筆下誕生了。

寫完後，他喊了一聲：「來人！」

門外有人應了一聲，一個年輕人走了進來，他是曹操派來照顧華佗的。華佗說：「請帶我去見曹司空，有緊急事情稟報。」

「好，華大夫請跟我來。」年輕人頭前引路，往曹操辦公的書房走去。

一路上，華佗不時瞧瞧手裏的藥方，心裏十分奇怪，這藥方是怎麼跑進自己的袋子的呢？自進入司空府，之後到疫區診症，袋子一直繫在腰間，沒有解下來過。還有，持有這藥方的人為什麼不自己獻出來，而要通過自己的手？

就這樣一路的心情激動加上各種忐忑，華佗跟着年輕人來到了曹操的書房。

曹操正在寫東西，見到華佗進來便馬上放下筆，說：「華大夫請坐。」

「司空大人，深夜來訪，是有一件關於治天花的急事。」華佗未等曹操發問，便急忙說了起來，還把手裏一直拿着的藥方遞給曹操，「這是一份目前來說最為完美妥貼的治天花良方，請司空大人想辦法籌集這些中藥，用來救治天花病人。」

曹操一聽驚喜地說：「啊，華大夫終於開出天花方子了？太好了，我現在就叫人傳令下去，搜羅這些藥材。」

曹操馬上接過藥方，傳令下去，派遣多隊人馬，連夜搜集所需藥物。

安排一切後，曹操對華佗說：「華大夫，如果這藥方能救回天花病人的性命，我就報請朝廷，給你記頭功。」

華佗急忙擺手說：「不不不，這藥方不是我開的。」

曹操一聽很奇怪：「啊，不是你開的，那是誰？」

華佗說：「我也不知道是誰，反正是有人把方子放進我的袋子裏的。」

曹操驚訝地看着華佗：「有人放進你袋子裏的？華大夫，別開玩笑了吧！誰會把這麼珍貴的治天花方子放到你袋子裏？誰都知道，天花無法治，如果找到治天花方法，那可是天大的功勞，那是可以得到皇帝的獎賞和封贈的呀，想要賞錢，想做官，都沒有問題。」

華佗無奈地說：「司空大人，這是真的，真是不知什麼人放進我袋子裏的。」

曹操瞪大眼睛看了華佗一會兒，忽然若有所思地點點頭，說：「我明白了。華大夫獻出寶貴藥方，卻又不求名不求利，真是令人佩服，怪不得小嵐求我把你找來治天花。這輩子我欠你一個人情，日後你有什麼事，儘管來找我；如果你有得罪我那一天，我也絕不傷你性命。」

「司空大人，不是⋯⋯」

華佗話沒說完，就被曹操打斷了：「好了好了，華大夫，快回去休息吧，你也累了一天了，明天還有很多事做呢！我已經命人連夜搜集所需藥材，明天，我們就開始用中藥治天花患者。」

他又大聲喊道：「送華大夫回住處。」

「是！」剛才帶華佗來的年輕人馬上走了進來，對華佗說：「華大夫，請。」

華佗還想對曹操說什麼，曹操擺擺手：「什麼也不用說，一切明白。」

華佗無奈地搖搖頭，走了。他實在不想冒領這個功勞，只是自己即使有千張嘴也解釋不清這藥方來源。希望藥方的主人將來會出現，那時就真相大白了。

第二十章
華佗不想當御醫

相信聰明的讀者早已猜到，藥方的事情一定與小嵐有關。

沒錯。自從出現天花後，小嵐就回憶起以前見過的一條治天花中藥處方，並默寫了下來。可惜的是，她只記得方子中的中藥名字，卻不記得每種中藥的分量。而且，十幾種中藥，她也生怕自己有沒有記錯了一種，或者有沒有漏掉了其中一種。所以，她無法把這藥方獻出來，用於治療天花病人。

見到華佗後，她靈機一動，可以把藥方交由華佗啊！以華佗的醫術，他完全可以把這藥方加以完善，並加上藥量。但她又顧忌無法向華佗解釋來源，因為華佗本身是大夫，不像曹操，可以用「白鬍子神醫」來搪塞過去。

所以，她讓曉星想辦法，神不知鬼不覺把藥方放進了華佗的袋子裏。她知道華佗見到藥方，一定會加

以利用，會把藥方完善後交出去用於救人。

只是小嵐沒有想到，事情還有了這樣的驚喜——曹操以為藥方是華佗所開，只是因為不想領功而否認，曹操出於感動向華佗許下諾言。歷史已經在改變，華佗應不會死於曹操之手了。

有了防治天花的方法，瀕死的城市和村莊終於慢慢回復了生氣。種牛痘，令到天花病人人數再也沒有增加，而華佗採用了小嵐默寫出來的藥方，也治好了無數天花病人。一個月之後，疫症終於慢慢平息了。

曹操把這次撲滅疫症的有功人員名單上報，以小嵐和華佗為最大功勞。小嵐是因為獻出的牛痘法，避免了天花的繼續蔓延；華佗是因為採用中藥療法，救活了成千上萬在死亡邊緣的天花患者。

這天，小嵐和曉晴曉星正在海棠客院裏商量回現代的事，突然聽到門外有丫環叫道：「小嵐姑娘，郭大人找你。」

郭大人？哦，是郭嘉。不知他來有什麼事？小嵐想着，便說：「有請！」

只見郭嘉笑嘻嘻地走了進來，對着小嵐作了一揖，說：「小嵐姑娘，曹大人請你去正堂。」

小嵐一愣，問道：「啊，去正堂？」

在古代，正堂一般用於比較正式的場合，比如說，接見比較尊貴的客人，或者進行一些很嚴肅的事。其他一般的見客都是在偏廳或者主人認為合適的地方。

郭嘉朝小嵐眨眨眼睛，說：「是呀。宮中傳來消息，等會兒有皇帝給你和華大夫的聖旨。」

小嵐有點吃驚，不明白為什麼皇帝要給自己聖旨，自己又不認識他。

郭嘉高興地說：「是好事呢！曹司空把你獻牛痘防天花法的事上奏了，皇上下旨獎勵你呢！」

「啊？不用不用！」小嵐一聽，本能地搖頭又擺手。她才不想領這個功，牛痘防天花法又不是她發明的。

郭嘉呵呵笑着：「小姑娘，這是皇上的旨意。你不接受就是抗旨。」

「啊，真麻煩！」小嵐顯得很無奈。

郭嘉奇怪地瞅瞅小嵐，說：「我還從來沒見過像

你這樣的，把皇上的獎勵當成麻煩事，別的人早就樂得不知今夕是何年了。」

小嵐聳聳肩，也不解釋，只是無奈地跟着郭嘉往正堂去了。曉晴曉星聽說是皇帝頒聖旨，便也跟着瞧熱鬧去。

郭嘉好像突然想起了什麼，一臉感激地對小嵐說：「小嵐，差點忘了向你說聲謝謝。」

小嵐抬起頭，有點莫名其妙：「怎麼啦？謝我什麼？」

郭嘉說：「你之前不是說，讓我找個大夫看看嗎？我找華大夫看了。」

小嵐這才記起，她叫郭嘉找大夫看病的事。便問道：「哦，不用謝！華大夫怎麼說。」

郭嘉有點沉重地說：「真沒想到，華大夫說我身體有隱疾，現在治的話有九成機會可以完全治好，但如果置之不理，就會越來越嚴重，到時就無藥可醫了。」

小嵐心裏嘀咕，華大夫真神醫呀！在本來的歷史上，郭嘉三十三歲那年就病死了。

「幸虧你提醒我找大夫看看，要不我還真不知道自己身體有毛病呢！平時除了容易累，也沒什麼不舒服，沒想到問題這麼嚴重。」郭嘉說起來還心有餘悸，「這幾天我已經開始服藥了，華大夫說如果順利的話，半年以後，就能把病根除掉了。」

小嵐由衷地為郭嘉高興：「恭喜你呀，祝你早日痊癒，健健康康，長命百歲。」

說着說着，一行四人已經到了正堂。

見到曹操和他的幾個謀士都在，咦，曹沖也來了。小傢伙一本正經的，聽着父親和華佗說話。

華佗一臉的別扭，正跟曹操說着什麼：「……司空大人，我真的不要什麼賞賜，真的，你讓皇上收回聖旨吧！我早就說了，那方子是不知什麼人給我的。唉，好煩啦！」

郭嘉聽了不禁笑了起來：「華大夫，你怎麼啦，怎麼跟小嵐一個樣！別人想也想不來的好事，怎麼放在你們身上，就成了麻煩事呢！」

正說着，就聽到外面有人大喊：「聖旨到！」

於是，曹操帶頭，大家呼啦啦跪了一大片。連曹沖也拉起衣袍，一本正經跪在他父親身邊。小嵐和曉晴曉星實在不習慣下跪，但沒法，也只好隨着跪下了。

來傳旨的是三名太監，一個老太監，兩個小太監。只見老太監先拿出第一份聖旨，說道：「馬小嵐接旨！」

太監開始唸道：「奉天承運，皇帝詔曰……」

那聖旨是古文，聽得小嵐一愣一愣的，大概明白是說小嵐獻出了預防天花法，讓天花能在短期內平息，避免了更多人染病死亡，惠及萬民，所以皇帝賞金五百兩。

「五百兩？」小嵐眼睛一亮，突然覺得這道聖旨可愛起來了。

她高高興興地說：「謝主隆恩！」

然後接過了小太監遞過來的那盤金子。

接着是給華佗的聖旨。華佗的獎勵除了五百兩金子外，還有被封為太醫官。華佗不好當着傳旨的太監說什麼，別別扭扭地接過了獎賞。

傳旨太監一走，華佗就對曹操說：「司空大人，你不是說我以後有什麼事可以找你幫忙的嗎？那我現在就請你幫幫我，我不想做太醫，我也不要這金子，你給我退回給皇上吧！」

華佗的話讓在場的人都呆了。

「你你你你你……」曹操用手指着華佗，一臉的不理解，「你不想當太醫？你知不知道，太醫這個位子地位高，工作輕鬆，錢又多，是多少大夫夢寐以求的職位啊！現在你有這麼好的機會，皇上為了獎勵你封你為太醫，你卻不願幹！你真是不可理喻！」

華佗誠懇地說：「是的，我不想幹。我希望用我的醫術幫到民間更多人，而不是困在皇宮裏，只為皇家貴族少數人治病。還有，我一向四海為家，走到哪裏，就在那裏治病救人，我不想用一個職位來困住自己。司空大人，你說過會幫我的，現在就請你兑現承諾吧！」

曹操盯着華佗，好一會兒才說：「本來，聖旨一下，你是不能拒絕的，否則就是抗旨，是要殺頭的。不過，既然我說過會幫你，我就不能食言。而且，我很佩服你不為名利、服務大眾的志向，那我就成全你，我替你去給皇上說，他會聽我的。」

華佗大喜，他朝曹操拱了拱手，說：「多謝司空大人成全！另外，請司空大人把這金子也還回去。這裏的事已完了，我想就此跟大人告辭了。」

「華伯伯，我喜歡你，我不許你走！」這時，曹沖抱住華佗的腿不肯放手，說，「伯伯不能走，你走了我以後生病了怎麼辦，我不想吃苦藥。」

華佗低頭摸摸曹沖的小腦袋，說：「小神童，伯伯也捨不得你。但是，伯伯是個遊方郎中，遊方郎中就是到處去給人看病的，所以，伯伯是一定要離開的。」

「我不要，我不要伯伯走！」曹沖哇一聲哭起來了。

見到小神童哭，在場的人都束手無策起來。

曹操特別心痛，他抱起兒子，對華佗說：「華大夫，你就留下來吧，我們這裏也很需要你這樣的好大夫啊！」

這時小嵐走了過來，說：「華大夫，你就留下來吧！不止是小曹沖，相信這裏的人都希望你留下來。」

她看了看華佗手裏的五百金子，說：「華大夫，我有個建議。這五百兩金子你不用退回給皇帝，你可以用這些錢，在這裏開一個診所，遇到給不起藥費和診金的人，你就不收錢，這樣就一舉三得了。可以讓七公子常常見到你，可以給普羅大眾看病，可以幫助沒錢治病的人。華大夫，好不好？」

「好，好！」曹沖大聲說，「華伯伯，你就留下來開診所，幫助很多很多人！」

華佗撓撓頭，想想，這樣也挺也不錯哦！於是，笑着點了點頭。

「噢噢噢！以後我生病不用吃藥了！」曹沖高興

極了。

「傻孩子，生病還得吃藥的。那個大官只是一個特殊個案。」

「啊，我不要，我也要做特殊個案。華伯伯，可以嗎，可以嗎？我會乖的，還有我以後會去你的診所幫忙的……」

大家都好笑地看着那一老一少在講條件。

這時小嵐把自己那五百金子交給郭嘉：「郭大哥，這些錢，就麻煩放到難民基金裏。我想用來蓋一所學校，專門讓那些難民孩子上學讀書。」

「啊，全都給我？」郭嘉喜得裂開嘴笑，「哇，太好了！那些小孩子很多連字都不識一個，我們正發愁怎麼找老師，教他們認字呢！這五百兩金子，連蓋房子、找老師，都足夠了。」

第二十一章

幸運新邨

疫症已平息，小嵐他們也準備走了。臨走前，他們去了一趟乞丐村。

當他們走近村子時，發現已經大變樣了。原先用茅草和樹枝草草搭建的房子，現在已經被加固，變得結實和不再透風。

村頭有一個醒目的牌子，上面寫着——幸運新邨。

忽然聽到傳來一陣小孩子琅琅的讀書聲，循聲看去，是從一間新蓋的草房子裏傳出的。

三人朝草房子走去，從窗子往裏瞧，見到裏面坐滿了小孩子，一個年輕的書生，正一字一句地帶着小朋友唸書：「呦呦鹿鳴，食野之苹。我有嘉賓，鼓瑟吹笙。吹笙鼓簧，承筐是將。人之好我，示我周行。呦呦鹿鳴，食野之蒿。我有嘉賓，德音孔昭……」

曉星小聲説：「郭大哥真厲害，短短時間就把小學辦起來了。」

「嗯。」小嵐滿意地點點頭。

她心想，郭嘉可是三國著名的謀士之一呢，辦間小學，對他來説小事一件啦！

「姐姐，是你們呀！」有誰在後面扯了扯小嵐衣角。

小嵐扭頭一看，不禁驚喜地説：「咦，是你呀！」

原來是他們剛來那天，在乞丐村見到的那個小姑娘。一段時間不見，小姑娘長胖了點，臉上也有了血色，不像之前見到的皮黃骨瘦了。

小嵐拉着小姑娘的手，把她帶離學堂，免得影響小朋友讀書。

「你弟弟呢？」小嵐問。

小姑娘指着小學堂，一臉的驕傲：「他在裏面讀書呢！弟弟跟我説了，等學會了認字，他就去找工作，要賺很多很多錢，養我和爺爺奶奶。」

「你弟弟真了不起！」小嵐為小姑娘高興，又問，「你怎麼不去唸書？」

「我不去了，我是大孩子了，把機會留給小弟弟小妹妹吧！」小姑娘搖搖頭，又興奮地說，「姐姐，我能賺錢了。我學會了編竹筐，爺爺奶奶們都誇我編得好呢！」

小嵐朝小姑娘豎起大拇指，說：「哇，你太厲害了。」

小姑娘小臉紅紅的：「將來，我和弟弟會努力賺錢，讓爺爺奶奶過上好日子！」

小嵐摸着小姑娘的頭，說：「好孩子，祝你早日願望成真。」

「姐姐再見，哥哥再見，我要回去做工了。」小姑娘朝小嵐幾個揮揮手，一蹦一跳地走了。

小嵐看着小姑娘背影，心裏很欣慰。

該做的事都做了，要回去了。

「明天走吧，今晚就跟小曹沖告別。」

「還是不辭而別吧！小傢伙一定揪住我們不放，那時就麻煩了。總不能把小神童帶回現代呀！」

「那我們留一封信給曹伯伯好了。」

小嵐想了想，對曉晴說：「曉晴，你負責給曹伯

伯寫信，就說我們知道了失散親人的消息，連夜找去了。」

又對曉星說：「你趕緊寫幾個童話故事，留給小曹沖。你以前寫的默出來就行。」

曉星眨眨眼睛說：「那小嵐姐姐你呢？」

小嵐說：「西遊記故事已經講到大結局部分了，我把剩下的內容寫出來，不然小朋友們聽不到大結局，會很失望的。」

「好，弄好以後，我們就——回家去！」

「開工！」

公主傳奇25

回到三國的公主

作　　者：馬翠蘿

繪　　畫：滿丫丫

責任編輯：龐頌恩　周詩韵

美術設計：陳雅琳

出　　版：新雅文化事業有限公司
香港英皇道499號北角工業大廈18樓
電話：（852）2138 7998
傳真：（852）2597 4003
網址：http://www.sunya.com.hk
電郵：marketing@sunya.com.hk

發　　行：香港聯合書刊物流有限公司
香港新界大埔汀麗路 36 號中華商務印刷大廈 3 字樓
電話：（852）2150 2100
傳真：（852）2407 3062
電郵：info@suplogistics.com.hk

印　　刷：中華商務彩色印刷有限公司
香港新界大埔汀麗路 36 號

版　　次：二〇一九年六月初版

ISBN：978-962-08-7321-8

18/F, North Point Industrial Building, 499 King's Road, Hong Kong
Published and printed in Hong Kong